Jugendjahre und andere satirische Ungereimtheiten

AF177011

M. C. Wilden

Jugendjahre und andere satirische Ungereimtheiten

Und bei genauerer Betrachtung
finden bei uns gerade
die Jugendjahre
auch im hohen Alter
noch eine ganz besondere
Beachtung …

tredition®

www.tredition.de

© 2010 M. C. Wilden
Verlag: tredition GmbH (www.tredition.de)
Korrektorat, Satz: Tamara Pirschalawa
Printed in Germany

ISBN: 978-3-86850-905-2

Für Julchen

Inhaltsverzeichnis

WARNUNG :

Einerseits enthalten einige der nachfolgenden Geschichten zum Teil zweideutige, zynische, zum Sarkasmus neigende, manchmal vulgäre und gar profane Sprachelemente sowie oft offene bis hin zum Exhibitionismus neigende Darstellungen geheimer Wünsche und Empfindungen eines männlichen Jugendlichen aus den tiefsten und ursprünglichsten Ebenen des frühgermanischen Sprach- und Kulturraumes, dem heutigen deutschen Siegerland ...

... andererseits kann aber getrost darauf hingewiesen werden, dass, alles in allem betrachtet, die hier dargestellten „Geschmacklosigkeiten" in Bezug auf die mögliche Gefahr einer „Verrohung der Jugendmoral" den meisten derzeit aktuellen Erwachsenenbeiträgen in Bild, Druck und Sprache in diesem Punkt beileibe nicht das Wasser reichen können. Deshalb sind sie, als „leichte Kost" auch nach dem Abendmahl, in allen Altersgruppen getrost und ohne jegliche Spätfolgen genießbar und relativ gut verdaulich.

Und im Anfang war das Vorwort

… und im Jahre des Herrn, viele Anno Dominis, nachdem sein eigener Sohn das Licht der Welt erblickt hatte, wurde in einem kleinen westfälischen Dorf am Rande eines großen dunklen Waldes ein Jüngling geboren, dessen Aussehen eher dem eines wilden Tieres als dem eines Menschenwesen glich. Der gesamte Körper des Jungen war mit einer pelzartigen Behaarung bedeckt, und immer wenn sein Heulen in klaren Vollmondnächten den Vater aus dem tiefsten Schlafe riss, blickte derselbe vorwurfsvoll auf sein neben ihm schnarchendes Weib. Leise vor sich hin murrend hegte der Vater dann immer den gleichen Verdacht: „Ich bin fast sicher, die Alte hatte was mit den Wölfen."

Die Zeit jedoch kam, da verlor der Jüngling nicht nur einen Teil seines dichten Geburtspelzes (die menschlichen Chromosomen schienen wohl doch im „Überlebenskampf der Arten" die Oberhand gewonnen zu haben), sondern seine Eltern verloren auch die Geduld mit ihm.
„Was soll nur aus ihm werden?", fragten sie in dunklen Nächten, mit sorgenvollen Mienen vor dem knisternden Kaminfeuer hockend, die Häupter zum Lehmboden der Hütte gesenkt.
„Vielleicht an einen vorbeiziehenden Wanderzirkus verschenken oder als Wachhund verkaufen?" ... Für beide Ideen seiner liebenden Eltern konnte sich der Junge wenig begeistern. „Etwa an ein Labor für medizinische Versuche geben?" ... Nein, auch hier wehrte der Undankbare ab. „Dann ein öffentliches Amt bekleiden, gar ein Vertreter des Volkes werden, ein Berufspolitiker etwa?" ... Unmöglich. Dafür, so fanden sie, hatte er dann nun doch zu viele Skrupel. Schließlich – und nach vielem Zermartern der Hirne aller Beteiligten – eröffnete sich dann aber doch eine praktikablere Idee …

Da der Junge gerne seine Nase in allerei Dinge – und besonders in den feuchten Waldboden – steckte, um nach Verborgenem im Unterholz zu suchen, entschied die Familie schließlich, ihn einer dieser Archäologen werden zu lassen, die man auch des Öfteren in Abenteuerfilmen in Hollywood zu Gesicht bekommen kann. Diese Entscheidung schien nun bei allen Beteiligten insofern einen gewissen Zuspruch gefunden zu haben, als dass die ursprüngliche Idee des Vaters, ihn als Trüffelschwein auszubilden, ebenso auf energischen Widerstand seitens der Mutter gestoßen war wie der Vorschlag eines entfernten Onkels, ihm eine Ausbildung zum „staatlich geprüften Schnüffelhund" angedeihen zu lassen. In beiden Fällen war man nämlich etwas verunsichert darüber, welche möglichen negativen Reaktionen die Verwirklichung solcher Ideen bei den Nachbarn auslösen würde.

Nun … am Ende wurde der Junge natürlich kein Archäologe. Im Laufe seiner weiteren pupertären Entwicklung wollte er lieber Tarzan, Cowboy, Donald Duck, Frauenarzt oder auch mal ein Zuhälter für liebliche junge Fräuleins werden – ein beschränkter grauhaariger „Archäo"-Professor sein, dieses Schicksal wollte er sich und der Gelehrtenwelt ersparen.

Da es dann im wirklichen Leben nun oft doch ganz anders kommt, soll auch in diesem Vorwort dem findigen Leser nicht vorenthalten werden, was aus unserem jungen Helden schließlich wurde.

„Also was wurde nun aus ihm?", fragte der einzige ungeduldige Leser dieser Zeilen schließlich etwas überschwänglich. „Und spann mich nicht auf die Folter, sonst mach ich das Buch gleich wieder zu und schmeiß es auf den Misthaufen zum Verrotten. Also schieß endlich los, meine Güte."

„Nun also", entgegnete der spitzfindige Schreiberling ein wenig irritiert und mit dem Bleistift auf den ungeduldigen Leselümmel zeigend, „also … er wurde … na, was denkst du, lieber Leser? Rate doch mal …"

„Jetzt reicht's mir", erzürnte sich der einzige Leser", ich knall den Deckel zu und es fliegt auf den Müll … also, was ist jetzt?"

„Also gut, also gut", sprach der Schriftsteller, „er wurde … Schriftsteller. Eine tolle **Poi(E)nte** … nicht wahr?!"

Und dann flog das einzig verkaufte Exemplar dieses Werkes auf den kompostalen Misthaufen von Bauer Brehme aus Buxtehude und rottet seitdem neben Kartoffelschalen und ausgetrockneten Aldi-Erbsen vom letzten Winter vor sich hin bis zum „jüngsten Tag".

Und so endete eine möglicherweise hoffnungsvolle Schriftsteller-Karriere noch bevor sie eben beginnen konnte auf einem stinkigen Misthaufen irgendwo in der deutschen Provinz ... Guter Gott, welch eine Tragödie ... welch ein Mist ...

Und der Herr sprach wieder zu seinen mit wachsamen Ohren lauschenden Kindern: „Aus Mist waret ihr gekommen und zu Mist sollet ihr wieder werden, so steht es geschrieben, und so wird es sein immerdar ... von jetzt an bis in alle Ewigkeit, Amen ..."

~ DANKESCHÖN ~

Und schließlich gebührt zum Ende des Vorwortes der Satire ein großer Dank. Denn bevor man von den eigenen Eltern, Verwandten, Bekannten und den vielen Namenlosen, die in diesen „unschuldigen" Zeilen Erwähnung finden (und durch den berühmten Kakao gezogen werden), wegen möglicher „Nestbeschmutzung" und anderer schwerwiegender Beleidigungen erst verflucht, dann für vogelfrei erklärt, anschließend gejagt, gefangen, geteert, gefedert, gevierteilt und schließlich auf den bereits erwähnten Misthaufen geworfen wird, kann sich jeder, der sich im Folgenden angesprochen fühlt, getrost in den weichen Sessel zurücklehnen und fröhlich vor sich hinpfeifend sagen lassen:

Es ist alles nur Spaß und nur der lieben Satire zu verdanken, dass einem auch spät in der Nacht noch die größten „Gemeinheiten" einfallen – deren böse Saat kann man dann in der tiefsten Dunkelheit in den berühmten Misthaufen legen und das Ergebnis neuer „Narrheiten" schließlich bereits in den frühen Morgenstunden des nächsten Tages mit grinsendem Lächeln ernten.

Ich wünsche dem Leser, der es dann doch schafft, den Karren aus dem Dreck und das Buch aus dem Mist zu ziehen, viel Spaß beim Lesen …
Nur bitte waschen Sie sich danach die Hände!

Die schönsten Zeiten im Leben eines jungen Menschen sind seine Jugendjahre. Eine Zeit, in der der jugendliche Jüngling nur so vor Hormonen strotzt und allem, was auf zwei Beinen steht und nur annähernd nach etwas Weiblichem duftet, nachrennt wie der räudige Hund der läufig verliebten Hündin.

Die Jugendjahre! Nie vergessen von denen, die sie erlebt haben, und von Dichtern, Romantikern und schwulen Musikern in innigen Versen gleichermaßen verehrt, wie der süßlich triefende Honigtopf von dem wilden und mordlustigen Bienenschwarm, der sich schon bald nach dem berauschenden Gelage auf die vor Wollust lechzende Königin zum gemeinsamen Tête-à-Tête stürzt ... oh welch ein Sodom und Gomorrha ...

Jugendjahre

„Oh nein", brummte der Streber Johann und stampfte mit den Stiefeln ärgerlich in den tiefen Schnee, „jetzt kommt der Bus schon wieder zu spät."

Wir anderen sahen es als ein Geschenk der guten alten Frau Holle im Himmel an, dass sie uns schon seit Tagen immer wieder aufs Neue mit ihren Schneeflocken beschenkte, die sie beim Schütteln ihrer Betten machte. Wir wären so gar nicht froh darüber gewesen, heute das verschlafene Gesicht unseres stets grimmig dreinschauenden Mathelehrers Herrn von und zu Blei sehen zu müssen, dem besonders in den Mathestunden – und wohl immer nur mit uns – eine Laus über die Leber gelaufen zu sein schien. Da ausgerechnet für den heutigen Tag eine Mathearbeit in „Algebra" anberaumt war, erschien das Fernbleiben des Busses wie ein Augenwink des Schicksals, in das besonders ich mich gerne fügte.

Außerdem war es mir sowieso „klar wie Kloßbrühe", dass ich die bevorstehende Mathearbeit sicherlich ordentlich verhauen würde, weil nämlich der „geliebte" Herr von und zu Blei bereits vor Wochen verlauten ließ, dass er einer Wildsau eher das Algebra beibringen könne als mir (nun frage ich Sie, was macht eine Wildsau mit Algebra, und! was hat das im Übrigen mit dem Thema zu tun, na bitte?!), und zudem gleichzeitig angedroht hatte, dass, wenn ich diesmal die Arbeit versauen würde, er mich nicht nur zur „gleichnamigen" machen, sondern dieselbe auch bei meinen lieben alten Eltern dort rauslassen würde.

Da ich schon vor Jahren frustriert aufgegeben hatte, die psychologische „Innenwelt" von Mathelehrern und derengleichen doch noch in diesem Leben verstehen zu können – und mich hernach eher auf die erfolgversprechendere Suche nach „böhmischen Dörfern" machte – beendete ich die formale institutionelle Aquisition von Wissensstoff bereits recht frühzeitig. Natürlich bedeutet das oben erwähnte aber nicht, dass der Mensch nicht mehr lernen kann, ganz im Gegenteil, denn ...

… als ich nämlich an oben erwähntem Tag gerade versuchte, auf dem autodidaktischen Wege etwas für den mathematischen Teil meiner Bildung beizusteuern, indem ich schöne runde, mit kleinen spitzen Steinen bespickte und wie liebliche Igel aussehende Schneebälle formte und sie dem vorher erwähnten Spezi Johann an die blutrote Backe knallte, da schrie er auch schon jene herzzerreißenden Worte, die uns unserer so begehrenswerten Freiheit berauben sollte.

„Der Bus, der Buuuuussss", tanzte er voller Entzücken und fing sogleich an, seinen später so berühmt gewordenen Freudentanz vom Stapel zu lassen, den er sonst nur bei guten Klassenarbeiten vorführte.*

*… weil ihn auch nach Ende der Schulzeit noch keiner im Dorf leiden konnte, fuhr Johann in späteren Jahren übrigens über den großen Teich nach Amerika. Wie man in den Anal(i)en des dörflichen Kirchenbuches nachlesen kann, bandelte er dort wohl mit einer jungen Tänzerin namens Olivia Newton (nicht verwandt mit dem berühmten Forscher gleichen Namens, allerdings viel hübscher und vor allem jünger) an, nannte sich fortan nur noch „John" und wurde ein berühmter Tänzer in Discotheken … der Rest ist Legende … und weiter …

Wenige Augenblicke später jedenfalls kam „es" auch schon, das widerwärtige gelbfarbene Monster von einem Postschulbus, der uns unbarmherzig die Freiheit nehmen und in die Tyrannei der Schule befördern sollte – was er/es auch gleich darauf tat, ohne auch nur mit den Scheibenwischern zu zucken:

„Alles einsteigen", brüllte der fette Busdriver, nachdem er die gepanzerte Vordertür geöffnet hatte und gleichzeitig ein hämisch beherrschendes Grinsen auf seiner ekligen Fratze für alle sichtbar zeigte … „Macht schon, ihr kleinen Ferkel, ich habe nicht ewig Zeit". Ja, wie ein Ferkel auf dem Wege zum Schlachthaus, genau so fühlte ich mich und dachte bereits im gleichen Moment, dass ich auf keinen Fall zu einer Blutwurst verarbeitet werden wollte, ohne wenigstens mit Würde und erhobenem Kampfesgeist dieser Welt ade gesagt zu haben ...

Beim Betreten des Busses beschloss ich also sogleich, im Vorbeigehen diesem „Schlächer" einen kräftigen linken Haken à la Cassius Clay zu verpassen. Natürlich versuchte ich es auch … und landete todunglücklich getroffen in der hintersten Sitzreihe des 45er Busses … und wurde erst mal ausgezählt.

„Du warst klasse", meinten die anderen später, „wir hörten nur noch, wie es „zisch" machte und du dich wie ein lebender Torpedo in die Wand der letzten Sitzreihe gebohrt hattest … phantastisch, dem Arsch von Busfahrer hast du es wenigstens gezeigt. Dem haben vor lauter Schiss die Knie gewackelt, weil er nun denkt, dass er seinen Job los ist, wenn du ihn verpetzt. Der ist jetzt soooo ‚klein mit Hut' … ha, ha."

Na ja, wenigstens hatte ich den bepissten Busdriver um seinen schäbigen Sieg gebracht und mir die Gunst vor allem der weiblichen Businsassen erworben. An Mathe oder Lehrer dachte zur Fahrt ins „Schlachthaus" dann keiner von uns „Ferkel" mehr.
Aber „Glück(und)Auf" war doch unser Herr von und zu Blei ausgerechnet an diesem Tag das Opfer eines heimtückischen Schnupfens geworden, und so fiel die Mathearbeit zu unser aller „Bedauern" nicht ins Wasser, sondern schließlich und endlich in den herrlichen weiß leuchtenden Pulverschnee des Siegerlandes.

Meine Freude über all die Herrlichkeiten dieses Tages konte auch dadurch nicht getrübt werden, dass mir in der Schulpause dann der aufsehende Rektor, Herr Dr. Schmelztiegel, die Ohren rechts und links verdrehte, weil ich Streber Johann zum amtlichen Schneemann der „Neunten" erklärte und ihm einen schneegefüllten Kübel über den Kopf gestülpt hatte … nur das anschließende Nachsitzen sowie das hundertmalige Schreiben des Satzes **„Du sollst deinen Klassenkameraden nicht als Schneemann benutzen"** (oder so ähnlich) brachte ein wenig Schatten in einen voll gelungenen Tag, der aber immer noch einige Überraschungen parat hatte …
… denn mein bester Freund Hans ließ gleich nach den Pausenereignissen vor der ganzen Klasse verlauten, dass meine Tischnachbarin Bärbel wohl ein oder zwei Augen auf mich geworfen hatte.

Dem Leser, der mich zu diesem „Fang" nun beglückwünschen möchte, sei es jedoch zugetragen dass, oh **„enfant terrible"**, er wissen muss, dass die erwähnte junge Dame nicht nur dick wie ein Elefant, sondern auch genauso groß war. Zudem stand ihre langgebogene Nase der eines afrikanischen Steppennashorns in nichts nach, und wenn sie wütend wurde (und das geschah immer, wenn jemand ihr widersprechen wollte), stampfte sie mit den Füßen auf wie ein aufgeregter Wasserbüffel.

Zu meinem größten Glück und Entzücken aber kam Hans auch nur wenige Augenblicke später mit lädierter Brille und eingezogenem Schweif zu mir, entschuldigte sich vielmals und erklärte (während er immer wieder leicht nervös zum „Büffelnashorn" rüberblickte), dass alles eine furchtbare Verwechslung war und eigentlich er, ja er, der „Auserwählte" sei.

Nur ein ganz klein wenig über diesen Wandel der Ereignisse gekränkt, schüttelte ich meinem lieben Freund Hans die Hände, wünschte ihm eine gute Zukunft und „verpuffte" wie der Dampf im heißen Wasserkessel.

Später hörte ich, dass die beiden ein richtiges „Liebespaar" geworden waren, und während ich vergnügt und ohne Sorgen meinem Lieblingssport dem Fußball nachging, musste er sich mit Bärbel dutzende Male den „König der Löwen" im Kino ansehen – wohl, weil der Film sie so an ihre frühere Heimat, die Steppen Afrikas, erinnerte.

Ich konnte über so viel idiotisches Liebesgebaren nur lauthals in mich hineinlachen und verstand so gar nicht, warum mein alter Genosse Hans so an einem Mädchen hängen konnte ... nun ja, bis Caroline in mein Leben trat.
Also, das war so ... Wir hatten uns beim Schwimmen kennen gelernt, und sie sah mit ihren strammen 17 nicht weniger perfekt aus wie die junge Dame, die der liebe Herrgott zu Beginn der Weltengeschichte in seinem Garten Eden aus der Rippe eines gewissen Adam geschaffen hatte ... also kurz gesagt, sie war zum Anbeißen ...
Es passierte also am Sprungbrett ...

Lieblich, wie sie war, „schlängelte" sie verführerisch wie eine Schlange dicht neben dem Brett mit einigen ziemlich doofen Jungs herum. Und während sie anschließend noch mit schwingenden Hüften vor den behaarten „Gorillas" einen sexy Bauchtanz à la Kleopatra vorführte, wollte ich doch einmal sehen, ob ich ihr nicht auch irgendwie imponieren könnte.

Um also ihre Aufmerksamkeit zu erhaschen, begab ich mich daher in graziöser, schwanengleicher Gangart zum 1-Meter-Brett. (Der aufmerksame Leser wird vielleicht jetzt einwendend anmerken, warum ich denn nicht gleich den 10-Meter-Olympia-Turm zum „Aufmerksamkeitserhaschen" wählte. Nun ja, dem ist zu entgegnen, dass es erstens ja ums „Schwimm-Springen" ging und nicht ums Bergsteigen und dass ich mir zweitens verbiete, dass sich ein hergelaufener Leser in meine Privatangelegenheiten mischt, ohne die näheren Umstände meiner inneren Befindlichkeiten zu kennen …Also hören Sie jetzt einfach zu und unterbrechen Sie nicht wieder.)

Also …

… einem langen Anlauf (bei dem ich fröhlich laut ein französisches Lied von Edith Piaf vor mich hin pfiff) folgte unmittelbar danach ein rasanter Sprung aus der Hocke – die im Volksmund bekannte und sogenannte „Arschbombe".

(Man möge sich ein wenig über die Herkunft dieses Begriffes wundern, bedenke aber, dass ein Krieg, der mit Arschbomben geführt wird, sehr viel weniger verheerende Auswirkungen haben würde als einer, welcher mit konventionellen Waffen geführt würde … um die anschließenden Schäden zu beseitigen, müsste man wohl lediglich die Fenster zum Lüften öffnen).

Nachdem diese Aktion aber leider nur ihren Ärger und (wegen des Spritzeffekts) eine ruinierte Dauerwelle auf ihrem Kopf hinterließ, begann ich meine Taktik auf das Ausüben von sogenannten „Bauchplattschern" zu verlegen, die, wie jeder weiß, der schon einmal einen Kopfsprung versaut hat und auf dem Bauch landete, äußerst schmerzhaft sind.

Da dies allerdings auch nicht zu helfen schien, machte ich schließlich einfach meinen berühmt-berüchtigten Dreifach-Harakiri-Salto (bei dem es einzig und alleine darauf ankommt, beim Aufsetzen mit dem Kopf nicht zu hart auf die Brettkante zu knallen), der mit großer Treffsicherheit bisher auch noch jede so entzückende Badenixe beeindruckte.

Leider hatte ich Pech, denn ich schlug mit meinem hocherhobenen Haupte genau auf jene Brettkante, die am Ende eine gehärtete Stahlhülse hatte. Dann fiel ich wie ein nasser Sack in die Brandung und versank in die dunkle Tiefe, wie es die Titanic hätte nicht besser tun können.
Dort wäre ich sicherlich heute noch, wenn Caroline nicht das Glück beim Schopfe und uns beide gepackt und herausgefischt hätte ...

Die Sache mit Caroline dauerte fast drei ... ja ... drei wundervolle Jahre, in denen es mir gelang, ihr neben zwei lieblichen Sprösslingen auch viel Aufmerksamkeit zu schenken ...
Tja, wenn ich nur an damals denke ... welch herrliche Zeit des gemeinsamen Glückes, welch Wonne und Lust, die man nur mit den göttlichen Wanderungen auf dem heiligen Olymp vergleichen könnte ... ach es packt mich die Wehmut hernieden ...

Am Ende musste Caroline die Trennung von mir allerdings auch schwer gefallen sein. Wie soll man es sich sonst erklären, dass sie aus Kummer und Wehmut über unsere zerbrochene Liebe nach Saudi Arabien auswanderte ... ausgerechnet dorthin, wo es weit und breit keine Schwimmbäder gibt ... wo sie doch so gerne schwimmt.

Ente gut, alles gut

Besonders für uns Jugendliche scheint sich das Leben auf einer riesigen Freilichtbühne abzuspielen, auf der wir uns nicht nur bemühen, unsere jeweils zugestandene Rolle so gut es geht zu spielen, sondern auch ständig auf der Hut sein müssen, nicht zu oft in die von den Erwachsenen für uns überall galant platzierten „Fettnäpfchen" zu treten. Aber auch wenn wir noch so sehr auf unsere Schritte achten, so gelingt es den „Alten" doch immer wieder, uns in vieler Hinsicht vor aller Welt genüsslich bloßzustellen.

Nun ja, auf diese Weise bleibt es dann auf der „Weltbühne" der Eitelkeiten recht schön amüsant und die dicken Wohlstandsbäuche ganz vorne im Publikum können wenigstens auf diese Art weiterhin auf unsere Kosten herzhaft über die „Tolpatschigkeiten der nächsten Generation" herziehen, bis die Vorstellung und das Theater zu Ende sind und der Vorhang fällt ... Kurz, das Leben ist wie ein großes Drama, bei dem auch mal gelacht werden darf ... also Vorhang wieder auf ...

Dich zu lieben

Ein Drama auf mehreren Seiten nach einer Erzählung von Sir M. C. Wilden

Darsteller:
Romeo, Rigoletto, Otto oder sonst ein Laiendarsteller und Eva von Dorftreut – die Geliebte.

Die Handlung:
Diese folgt jetzt. RROL bezirzt seine reiche Geliebte, ihn doch endlich zu ehelichen, dieser raffinierte Bastard:

> **RROL:**
> Oh, dieses Antlitz,
> oh, diese Kraft,
> dich zu lieben,
> das hat noch keiner geschafft …
>
> Dich zur Frau,
> das wär das Höchste,
> das Schönste, Beste, Größte, Dööfste …
> Das wär das Sein,
> das mein ich.
>
> Oh du Engel,
> ich will nur dich …
> Du meine Frau,
> ich würde zerspringen.
> Vor Freude natürlich,
> würde ich dir auch singen …
>
> Würde mein Leben dir verbürgen,
> würde dich … wenn du willst … auch würgen
> Würde all dein Geld von dir nehmen,
> und dir dafür meine Freundin geben …

Würde dir sagen, was du bist.
Würde dir sagen, die Heirat wär nur eine List …
Würde dich küssen … noch und noch …
Würde dir sagen, dein Geld krieg ich doch …

Würde alles tun, um dich zu entfernen,
Würde sogar bei einem Killer lernen.
Würde dich schlagen jeden Tag,
und dir trotzdem sagen, dass ich dich mag.

Würde dich drücken,
bis du dich verfärbst.
Deine Hosen dir flicken …
Es ist kalt, draußen ist Herbst …

Das würde ich tun, um dein zu sein ...
Sag bitte nichts, sag nur nicht „nein“,
sag nur vielleicht … sag nur bestimmt …
ich weiß, dass wir glücklich sind …

Kurze Pause … der Wind heult …
Sag es jetzt … hier an diesem Ort …
Sag es … NEIN … den Dolch … schmeiß ihn fort.
Neiiiiinn … nicht in mich ... arrrrgggggghhhh.
Ich liebe dich.

Ein Sprecher:
Tödlich, wenn nicht gar todunglücklich getroffen, sackt unser
Held zu Boden.
Die etwas ältliche Geliebte nimmt den mit Blut besudelten
Dolch (sie nimmt ihn) in ihre Rechte – nein, Entschuldigung,
sie nimmt ihn in ihre Linke, sie ist nämlich Linkshänd(l)erin –
und beugt sich über den Sterbenden …

Eva von Dorftreut, die Geliebte:
Nun, mein Lieber, wie geht es dir?
Ich hoffe gut, genauso wie mir ...

Du glaubst, du kannst mich hintergeh'n,
ich werd's dir zeigen, du wirst es seh'n ...

Nächste Szene. Bitte Kamera in vollem Profil ... Szene läuft ...
Der Geliebte windet sich ängstlich auf dem Theaterboden. Jetzt erst merkt der Verzweifelte, dass seine hinterlistigen Annäherungsversuche ein tödlicher Fehler waren. Er fühlt sich wie die männliche Spinne, die ins Netz der eigenen Alten getappt ist. Er fühlt sich mies ... und die Zuschauer klatschen sich die Hände blutig ...

Wieder der Sprecher ...
Und mit einer riesigen Wut im Bauch hebt Eva von Dorftreut (die Geliebte, oh Mann) den Dolch (und sie hebt) und jagt ihn dem Halbtoten in den blutüberströmten Wanst. Ein entsetzlicher Schrei, dann Stille, dann wieder die alternde Geliebte ...

Eva von Dorftreut, die Geliebte:
Mit mir kannst du's machen, hast du dir gedacht. Und im tiefsten Inner'n nur über mich gelacht. Aber von meiner Klugheit wusstest du nichts ... doch von der überzeugt ich dich...

Kleine Pause, wieder der Wind, die alte Heulsuse, dann Eva:
Und nun ... was sagst du nun? Nichts ...? Dann wirst du's bald nie wieder tun!

Und zum letzten Mal der Sprecher:
Nochmals stößt sie dem toten Geliebten den Dolch in den Bauch. Der gellende Aufschrei desselbigen bringt das Theater zum Schwanken (das Theater schwankt ...).

Die abschließende Szene:
Während man den toten Geliebten von der Bühne schleift (unter riesigem Beifall), um ihn anschließend im Theatergarten zu verscharren, bricht das Theater los und dasselbige zusam-

men … die alternde Geliebte und der Theaterdirektor sitzen wegen Mordes und Verdachts auf Beihilfe zum Mord in Zelle 201 und 203 des städtischen Zuchthauses und warten auf ihre Verhandlung ...

Ende der Durchsage!

Nicht weit von unserer heimischen Hütte im tiefsten dunklen Tannenwalde steht jenes „Haus der Versuchung", das die jugendlichen Hormonträger allwöchentlich anzieht wie der Speck die Made. „Hacienda", so ihr göttlicher Name, klingt nicht nur nach braungebrannten, wundervoll geformten, rassischen, spanischen Tanzbeinen, es ist auch eine dieser Discos im Lande, die großgewachsene Schüler unter 18 ohne Personalausweis Einlass gewähren ... zumindest, wenn ihr Name nicht mit M. beginnt.

Discothekenbesuche

Es war Samstag ... endlich Samstag ...

Samstag, das bedeutete, das erste Mal in der Woche so richtig ausschlafen können ... das erste Mal ... for the first time ... Disco-Time.

Erstmalig seit meiner Ankunft auf diesem blaugrauen Planeten sollte ich heute den Mut haben, mit meinen Freunden an jenen geheiligten Ort der unterwürfigen Gesten und Bittstellungen zu gehen, wo junge gottlose Boys wieder lernen, an den Herrgott im Himmel zu glauben, sobald sie mit gespreizten Elvisbeinen die bezaubernden „Gals" zum Tanzen und Knutschen bitten. Welch himmlisch kribbelnde Gefühle durchströmen doch den mit Pickeln und Pusteln übersäten jugendlichen Pubertätsbody, wenn man mal so richtig einen drauf ... und mit heißblütigen Hacienderas reden und ho ... ho ... ho ... machen kann.

Nervosität schlich sich bei diesem Gedanken ein.

„Mein Gott, was zieh ich nur an?", dachte unser junger Held noch, bevor er den Drachen erlegt und die Jungfrau vernascht hatte. „Hilf, mein Herrgott, hilf."

Nachdem ich nach längerer Zeit des Grübelns meine Fassung jedoch endlich wiederfand (und währenddessen den Kleiderschrank dreimal vergewaltigt hatte, indem ich ihn immer wieder mit Sachen füllte und leerte – Sachen rein, Sachen raus, wieder und immer wieder, bis er nicht mehr konnte und zusammenstürzte), wurde mir klar, dass die Lösung dieses Problems noch in weiter Ferne zu schlummern schien.

„Was tun?", sprach ich erneut und kam zu dem schicksalhaften Entschluss, dass nur meine herzallerliebste Schwester für dieses existentielle Problem eine bahnbrechende Lösung finden könnte – wozu sind denn Schwestern sonst gut, frage ich Sie?
Auf jeden Fall glaube ich, dass nur sehr wenige auserwählte Erdlinge das (Un)Glück haben, eine so sachkundige Schwester wie ich zu

haben. Man muss sich nur vorstellen, dass sie – obwohl erst 14 – bereits das Einfühlungsvermögen einer gut entwickelten 16-Jährigen hat und dass im Laufe der Zeit sogar mehrere ordinäre Laubfrösche – nachdem sie dem Rat meiner Schwester zur Verbesserung ihrer modischen Ausstattung gefolgt sind – ihre „ständische" Stellung verbessern konnten. (und wohl hernach auch niemand von ihnen im französischen Kochtopf gelandet ist – und es einer sogar als Titelheld bis in ein berühmtes Märchen geschafft haben soll).

So war es auch weiter nicht verwunderlich, dass sie nach ausgiebigem Grübeln und dem Genuss von vier von mir erworbenen Aldi-Vollmilch-Nuss-Schoko-Tafeln für mich nur eine, und zwar die Wahl schlechthin fand ... ein rotgeblümtes Otto-Hemd mit einer giftgrünen Quelle-Hose und rosa Nylonstrümpfen „Marke Lollipop". So einfach war das also.

In ihrem sich nun entwickelnden Eifer – das konnte nur am vielen Zucker in den Aldi-Tafeln gelegen haben – musste sie mir nun noch nach dem Motto „wenn schon, denn schon" unbedingt die Haare dauerwellieren, die Nägel ockergelb lackieren und die Zähne mit allerbester Hausverdünnung putzen („ein ekliger Geschmack", sagte sie, „aber wenigstens entfernt die Verdünnung nicht nur den Zahnbelag, sondern gleich den Zahnstein und hässliche Blomben mit" – **und ich:** „... und hinterlässt im Mundraum eine breiige Masse, die früher vermutlich einmal die Zähne waren und nun nur noch zum Ausspucken etwas nutzen").

Auf die Frage, was der ganze Zirkus denn sollte, antwortete sie (nicht die Verdünnung, sondern die Schwester) mit der giftigen Stimme einer Klapperschlange, dass dies jetzt „in" sei ... sssssssss ... und wo ich denn die letzten hundert Jahre meinen unmodischen Dorn(r)höschenschlaf gemacht hätte ... sssssss ...?
Nun ja. Bei dem Gedanken, jetzt also „in" zu sein, schimmerten bereits die schönsten Fata Morganas vor meinen vor Rührung und vom Uhukleber schmerzenden Augenlidern (die nur mit Mühe die falschen Wimpern halten konnten, die jetzt an den aufgeweichten Lappen herunterhingen, die in früheren Zeiten einmal eben die oben erwähnten wunderschönen langen Augenhärchen waren – und nun

mit all dem Rest, den man zum Sehen verwendet, nur noch an die Blicke eines „Hushpuppies" erinnern konnten – aber was tut man nicht für die Schönheit).

... mit den langsamen, breitbeinigen Schritten eines John Wayne betrete ich die riesige Discothek ...
Musik ertönt ... Scheinwerfer werden auf mich gerichtet ... und schon strömen dutzende bildhübscher Katalogmädchen in meine Fließrichtung, um nur mit mir zu tanzen ... wobei ich denke „I'm just a gigolo, everywhere I go" ...

Mit der Kraft eines Bären kann ich einige der euphorisch schreienden und nach Luft schnappenden (Meer)-Jungfrauen von mir stoßen, um dann sie ... diese goldfarbene, langbeinige, braungebrannte „**femi-nine fatal**" in einem halblangen, schwarzseidenen, trägerlosen Abendkleid mit einem niemals enden wollenden Schlitz an der Seite und ohne ... (Oh mein Gott im Himmel und ein „alle Glocken läu-tendes Hallelujah". Ich vermute, sie würde so etwa C 75 tragen ...) ... in der Mitte der Tanzfläche zu entdecken. Nur eines kommt mir jetzt in den Sinn, und wenn ich denn katholisch wäre, würde mir dieser Sinn mit der größten Sicherheit eine Einfachfahrkarte ohne jegliche Chancen auf Rückkehr ins göttliche Fegefeuer einbringen – wie gut nur, dass mich meine lieben Eltern – wohl in weiser Vor-hersehung – evangelisch gemacht haben ...
Ich nehme also ihre wunderschön geschmeidige rechte Hand, die wie ein Meer von Mimosen duftet ... und mit der Leichtigkeit eines John Travolta(er) schlendere ich mit ihr in Richtung Bad, Bett ... nein Bar ... wobei ich noch im künstlichen Nebel das Raunen ... Rrrrr ... dieses bezaubernden schwarzen Raubtieres vernehme und ....
... plötzlich ertönt das Hupengeräusch einer Autohupe ... unver-kennbar und doch ... und bringt mich unbarmherzig in die raue Wirklichkeit zurück. „Ich will nicht", sage ich und „doch du musst", sagt mein Bewusstsein unverdrossen und unverzeihlich und haut mich zurück ins kalte „Jetzt".

Draußen vor der Türe unserer Hütte warteten meine Kumpels in einem roten VW-Käfer, um mich zur Disco abzuholen. Also verabschiedete ich mich kurz von meiner verrückten Familie, bedankte mich noch bei meiner Schwester und Mutter für ihr Dasein, gab unserem spanischen Riesenschnauzer einen Pfotenkuss mit passender Verbeugung und machte einen „Exit" ...

Als ich da so nach draußen trat, sah ich meine Freunde vor Entzücken in die Hände klatschend und sich die fetten Bäuche vor Lachen haltend den Käfer hin und her schütteln. Einer von ihnen musste wohl gerade einen original originellen Siegerländer Witz erzählt haben, nur so konnte ich mir die prustenden und schamrot anlaufenden Gesichter erklären, als ich schließlich in dem hinteren Teil des Vehikels meinen gebührenden Platz einnahm. Die dümmlichen Bemerkungen während der Fahrt über meine sogenannte Aufmachung nahm ich diesem Abschaum eigentlich nicht so sehr übel. Neid macht eben auch vor einer Freundschaft nicht Halt.
Aber ... endlich war es dann so weit ... die Disco kam immer näher ... eine halbe Stunde hatte sie bereits geöffnet ... die Parkplätze waren zum größten Teil bereits vergeben ... die Disco musste also brechend voll sein.

Nachdem es uns dann schließlich auch gelungen war, den Käfer in eine der letzten Parklücken zu zwängen, und wir uns mit dem Besitzer über den Preis geeinigt hatten (wir erfuhren später, dass die Schwarzmarktpreise für noch freistehende Parkplätze schon nach kurzer Zeit in schwindelerregende Höhen getrieben wurden und wir eigentlich noch ziemlich gut mit dem Eintauschen eines Parkplatzes gegen Freund Kalles Hund wegkamen – schließlich ist der deutsche Schäferhund von meinem Freund Kalle ein echt ausgebildeter Polizeihund. Nur Kalles Vater trauerte noch Wochen danach über den ach so frühen Verlust seines lieben Schatzes, der, wie Kalle ihm erklärte, sich einfach während des Gassi-Gehens aus dem Staub gemacht hatte – wohl weil er im Wald einen streunenden Hasen gesehen hatte), begaben wir uns zur Eingangstür jenes bereits vorher erwähnten geheiligten Ortes deutscher Gläubigkeit, das (wohl etwa wie die heilige Pforte im Vatikan) vorne ein Guckloch hat, hinter dem ein netter dicker Glatzkopf steht, der gerade wegen Totschlags auf Bewährung aus dem Zuchthaus entlassen worden war.

„Gesichtskontrolle", dachte ich mir, „da kommen meine Freunde nie durch."

Doch als die Glatze von Türsteher die Pforte öffnete, war derjenige, den er zurückwies, meine kleine Wenigkeit.

Sichtlich erschüttert verhandelte ich mit dem Meister-Proper-Verschnitt eine halbe Stunde lang und musste immer wieder erklären, dass ich kein aus der Südsee stammender Drogenhändler war und nur vorhatte, zu tanzen und eventuell Mädchen anzumachen. Schließlich gab das Gegenüber auf und ließ mich ein, nachdem ich im Gegenzug die Hälfte meiner Ersparnisse und eine Packung türkischer Bafra-Zigaretten rüberwachsen ließ, die er auch gleich im Stehen verschlang.

Wie ich mir schon gedacht hatte, war die Disco völlig überlaufen mit jungen Leuten, und so stellte ich mich kurzerhand und voll entschlossen in die einzige noch frei stehende Ecke (die mich auch herzlich begrüßte) und beobachtete von dort aus mit ihr zusammen das muntere Treiben ...

Das war er also nun, jener geheiligte Ort der Jugend von heute, jener Ort, wo sich Rock und Pop ein Stelldichein geben, jener Ort, wo man die süßen Mädchen anmacht und versucht, sie mit wolligen Worten und dranghaften Taten so zu „entblättern" wie der Wind die Bäume im Herbststurm ... also jener Ort ...

Aber Moment, wo waren denn nun all die schönen Blüten der Alten und Neuen Welt, des Okzidents und des Landes der aufgehenden Sonne ... wo die, die mich anhimmeln sollten ... ihren Retter und Befreier von allen lustlosen Langeweilern ... ja, da waren sie ... in rauen Mengen sogar ... sie hatten nur einen Schönheitsfehler ... sie waren allesamt in Begleitung ... und zwar in Männerbegleitung, genauer gesagt, von der gleichen Sorte wie der Meister-Proper-Verschnitt am Eingang ... nur doppelt so breit und halb so lustig ...
Diese etwas befremdliche Situation enttäuschte und wütete mich doch zumindest ein wenig, und wenn ich dergleichen fühlte (das

kannte ich von den Erzählungen meiner Mutter), würde ich unberechenbar werden, zu jeder Dummheit bereit.

Ich rannte also schnurstracks gerade zur Tanzfläche und forderte das erstbeste alleinstehende Weibliche zum Tanzen auf, das auch gleich in vollen Zügen mit mir loslegte.

Diese „Erstbeste" hieß Gertel, war gut und gerne doppelt so schwer wie ich (Eigengewicht ca. 70 kg) und ging mir etwa bis zum Bauchnabel (welcher sich nach gestrigen Messungen auf einer Höhe von ca. 1,45 Meter befindet).

Wenn also schon nicht wegen meines blendenden Aussehens, so fiel ich doch jetzt zumindest durch meine Tanzpartnerin auf – und dementsprechend war das Echo. Der Saal tobte und bebte vor Lachen, und bereits um ein Uhr morgens war ich der Schwarm der weiblichen Besucher. Um vier Uhr verließ ich freudestrahlend und mit „allen Händen voll zu tun" die Disco in Begleitung zweier unglaublich langhaariger Engelchen. Als ich beim Herausgehen kurz zur Bar zurück sah, konnte ich gerade noch die Blicke meiner mir neidisch nachgaffenden Freunde erhaschen. Dann verschwanden wir in die neblige Nacht ...

In der örtlichen Lokalpresse konnte ich am nächsten Morgen die besten Kritiken (von denen ich hier nur einige in Auszügen wiedergeben möchte) über mich lesen:

„Jugendlicher Discofreak brachte Publikum zum Schreien" oder „Ein neuer Jerry Lewis am ach so schnöden Unterhaltungshimmel" oder „Überwältigender Triumpf eines neuen Disco-Talents" und, und, und ...

Meine Fanpost steigt seitdem von Tag zu Tag, und ich glaube, dass ich es bei diesem Zulauf von Anhängern bald riskieren kann, den Bundeskanzler in seinem Amt abzulösen ... das wäre dann nicht nur das Ende dieser Geschichte, sondern der Anfang einer neuen ...

Ich bin davon überzeugt, dass ich dem deutschen Volke dann ein gutes „Väterchen M. C." sein werde ... Doswidanja, meine lieben Genossinnen und die, die euch folgen ....

30

Once upon a time in America

San Francisco 1920 ...

Paul Herbert, Deutsch-Amerikaner, sitzt in einer Bar in der Carsonstreet und trinkt ... ein Glas Milch. Ja, er trinkt ein Glas von dem kühlen, erfrischenden Getränk, das von seiner Frau ... ach, Entschuldigung ... ich meine natürlich, von einer Kuh stammt.

Er trinkt also wie gesagt ein Glas Milch ...

Doch plötzlich, nachdem er das inzwischen leere Glas dieser entzückenden Milch abgesetzt hat, geschieht eine seltsame Verwandlung mit Paul Herbert.
Von einem zum anderen Moment wird er ganz bleich (milchfarbenähnlich) im Gesicht, die Augenbrauen vergrößern sich merklich und treten stark hervor ... seine Backenknochen quillen an und die Pausbacken sind zum Platzen dick ...

Paul Herbert bäumt sich auf, sackt mit dem Kopf nach vorne und ... rennt ... rennt zur Toilette.

Paul Herbert ist ... ja ... ihm ist schlecht.

Nach wenigen Minuten kommt Paul Herbert zurück. An seinem weißen Ziegenbart hängen noch Reste vom Mageninhalt ... aber er fühlt sich wohl.
Er stellt sich seitlich von der Theke auf eine ... Moment ... jetzt sehe ich, worauf er steht ... es ist eine ganz normale Waage ...

„Tja", lächelt er mich kurz an ..., „eine tolle Kur, wirkt 100 % ... und man hat keine Gewichtsprobleme mehr ..."

Aha, das ist also das Geheimnis seiner Vitalität und Jugendlichkeit ...

Aus

Die Alten waren ja auch nicht besser

In den Wirren der Weltwirtschaftskrise Ende der 20er Jahre, als Charlie Chaplin mit „Moderne Zeiten" in verrückte Zeiten geriet, fanden sie sich, Franz Baumann und Elisabeth Baumann, geborene und wohnhaft in Kreuzberg.

Das erste Mal trafen sie sich auf einer dieser noblen Partys, zu denen man noch Geldscheine zum Vorheizen der Räume mitbringen musste, damit die Gastgeber zumindest einen Teil der Heizkosten einsparen konnten … Holz war ja viel zu teuer.

Ihr fiel er sofort auf, weil er nicht nur die meisten Geldscheine von allen mitbrachte, sondern auch noch damit prahlte, wenn er sie genüsslich und mit viel Fanfare ins Feuer warf, nachdem er sich noch eine dicke Havanna damit angezündet hatte.

Er hingegen bemerkte sie kaum, und ihm fiel nur immer wieder auf, dass, wenn er seine blendenden Witze aufsagte, da immer so eine blonde Ziege stand, die partout nicht darüber lachen wollte … das ärgerte ihn.

Und so ging er einmal etwas gelangweilt zu der „Ziege" hin und forderte sie zum Tanzen auf.

Sie trat ihm bereits nach den ersten Schritten vor Wut auf den rechten Fuß, und er, der dachte, dies sei ein neuerliches Gesellschaftsspiel (nach dem Motto „trittst du mich, dann tret ich dich"), trat zurück.

Die Operation des gebrochenen Fußes war sehr schwierig, und sie musste drei Wochen im Krankenhaus bleiben.

Dort besuchte er sie natürlich einige Male, brachte billige Schokolade und halbverdorrte Blumen mit, zog ständig das Naseninnere beim Schokoladeessen hoch und hörte nicht auf, seine dummen Witze auch dort von sich zu geben ...

Sie hasste ihn. Das wurde ihr besonders immer dann klar, wenn er bei jedem Krankenhausbesuch mit ihrem großen Zeh spielte, der in einer Schlinge steckend an einem langen, von der Decke herunterhängenden Seil baumelte. Jedesmal, wenn der Zeh wie verrückt juckte, kam es in ihr hoch, und sie schwor sich, ihn zu töten, sobald sie das Krankenhaus verlassen konnte. Sie wurde entlassen und ... heiratete ihn nach nur wenigen Tagen der Freiheit. Sie sind auch heute noch verheiratet, treten sich immer noch auf die Füße, und hauen sich (man bedenke, in diesem Alter) auch jetzt noch das Geschirr auf die Köpfe (deshalb konnten sie sich nie ein Auto leisten) … und werden trotzdem nicht alt.

Vorbei

Das Tatmotiv: die 52. Folge

… und wieder schritt der schrecklich fiese J. R. Ewing langen Fußes von seinem Dallaser Büro zu seinem Luxusschlitten, um nach Hause – zur Southfork Ranch – zu fahren und um dort seine hysterische Frau Sue Ellen und den Rest der vertrottelten Ewing-Bande zu treffen.
Er hatte einen langen Tag hinter sich, dieser idiotisch dreinschauende Sohn einer dreischwänzigen leprakranken Bastardkatze, und doch, in der heutigen 52. Folge überkam ihn so gar nicht die Lust, seine Sekretärin zu schwängern oder seine Frau zu verprügeln …
Nein, heute hatte er nur den Wunsch, so schnell wie möglich in seinem heimischen Heim einen Whisky zu nuckeln, um dann die wohlverdiente Portion Schlaf in sich aufzunehmen.

Ja, am heutigen Tage waren alle Zuschauer mit dem sonst so ekligen Dallas-Star zufrieden …

Fast alle waren zufrieden …, nur … nur ich fand diese heutige 52. Folge wirklich ein wenig langweilig und fade. Kein Pep, keine Aufregung, nicht die kleinste Bohne Gewalt war in der heutigen 52. Folge zu spüren. Zu lächerlich war zum Beispiel die eine Szene, als diese „Möchtegern-Ronald-Reagan-Imitation" in einem blödsinnigen Tonfall zu ihrer/seiner plattbusigen Frau sagte, „Nun Liebling, ich hoffe, unserem Sohn geht es gut", anstatt dass er sie wie sonst in einem bissigen Ton anschnauzt und ihr beim Anblick des Gören ein „Ich hoffe für dich Baby, dass dieser Balg auch von mir stammt" an die Haartolle knallt ...
Aber heute nichts dergleichen…

AUS-STOPP-ANSAGE BITTE!!!!

Sprecher:
„Sie hörten soeben hier im Studio live die Kritik eines männlichen Zuschauers zu der amerikanischen Fernsehserie „Dallas". Und was hat die Frau des Kritikers dazu zu sagen?"

Szene:

Von einem zum anderen Moment geht das Licht im Fernsehstudio aus, eine weibliche Person betritt den fast dunklen Senderaum ... plötzlich blitzt ein Messer auf ... dann ein Schrei ... dann Totenstille ...

Ein Protokollführer gibt nach Beendigung der Verhandlung der wegen Mordanklage vor Gericht stehenden/sitzenden Frau des Kritikers folgende amtliche Erklärung ab:

„Nach Aussage der Angeklagten M. wird die Tat und deren Hergang wie folgt geschildert ...“

Frau M:
„Nachdem also mein Mann nach der 52. Dallas-Folge so sehr über diesen wundervollen Schauspieler J. R. Ewing (alias Larry Hagman) hergefallen war (und das auch noch in aller Öffentlichkeit und vor laufender ZDF-Kamera), da habe ich die totale Kontrolle über mich verloren. Wie kann ein Mensch auch nur so schlecht über einen anderen urteilen, zumal er erst 10 Folgen der Serie gesehen hat und sich doch gar kein Bild darüber machen kann, wie überaus wertvoll diese Serie für uns alle ist.“

Schlussworte:
Nachdem es der Angeklagten gelungen war, den Richter von der absoluten Notwendigkeit der Tat zu überzeugen, heiratete sie kurze Zeit nach dem Freispruch ... so der offizielle Wortlaut: „... wegen Verhinderung des öffentlichen Schlechtmachens von amerikanischem Kulturgut“ ... einen überzeugten Dallas-Anhänger. Nach ihrer Scheidung zwei Jahre später verließ sie dann Deutschland endlich und für immer, heiratete einen Amerikaner und lebt heute mit ihren vier Kindern J. R. Junior, Bobby, Sue Ellen und Crystal-Geyser in der Nähe von Dallas glücklich bis an ihr Ende ...

Und wir blenden uns aus.

Besuch beim Doktor

Neulich, an einem herrlich blauleuchtenden sonnigen Montagmorgen, war ich beim lieben Onkel Doktor. Der Grund für diesen Besuch lag in der Halsgegend.

Genauer gesagt, im Bereich der kleinen ovalen Halsnüsse, die man im Volksmund auch „Mandeln" nennt. Auf jeden Fall waren diese meine verflixten kleinen „Ärgernisse" aus irgendeinem widerlichen Grunde mit einer klebrigen Schicht dunkelgelben Eiters derart überzogen und auch noch angeschwollen (sie waren bereits so dick, dass sie sich schon genau an der Rachenzyste trafen und miteinander darüber diskutierten, wer denn zuerst platzen sollte), dass jegliches Schlucken den Träger dieser Schlingel zu einem ohrenbetäubenden Aufschrei bewegte, der hernach jedesmal in einem kläglichen Wimmern endete.

Ein Besuch war aus diesen erwähnten Gründen also unvermeidlich geworden, denn der Doktor sollte mich auch nicht nur von den unerträglich werdenden Schmerzen, sondern auch von dem vermeintlichen Gang zur montäglichen Arbeit befreien. Wie Sie, lieber Leser, hoffentlich wissen, ist eine ordentliche Mandelentzündung (besonders die, die man sich in der Nacht vom Sonntag auf den Montag in der Disco eingefangen hat) absolut ansteckend und man kann deshalb allein schon aus Rücksicht auf die anderen „Genossen der Arbeit" unmöglich seiner ansonsten mit größter Bereitwilligkeit bereitgestellten Arbeitskraft zur Erfüllung der Produktionsziele nachkommen.

Nun ja, um es kurz zu machen, betrat ich also um etwa 11 Uhr morgens den Warteraum der örtlichen Arztpraxis des örtlichen Hausarztes, eines gewissen Dr. Lausewitzes, setzte mich auf einen der noch freien Plätze, stand wieder auf, holte mir eine Bravo-Zeitschrift und setzte mich dann erneut hin.

In dem zuchthausweiß angestrichenen Raum befanden sich außer mir noch weitere fünf Wartende: Links von mir saß eine schmalbrüstige

Blondine, die nichts anderes zu tun hatte, als ihren mitgebrachten Lausebengel von etwa drei Jahren im Zaum zu halten, der ohne eine Scham von Scham sein Schokoladeneis auf meine weiße Hose kleckern ließ. Wenn meine verfluchten Halsschmerzen nicht gewesen wären, hätte ich es diesem Wicht gezeigt und ihm sein beschissenes Eis in sein kleines freches Gesicht geschleudert – aber so musste ich mit ansehen, wie sich meine Hose in ein beflecktes „Etwas" verwandelte und immer mehr dem Fell eines Leoparden glich.

Rechts von mir bemerkte ich (während ich gerade einen Bravo-Artikel über die sexuell-hormonellen Veränderungen im Zusammenhang mit der allzu frühzeitigen Entfernung von Mandeln las), wie ein stetig popelnder Zwerg die Frechheit besaß, mich mit eindeutigen Schwulenblicken förmlich auszuziehen. Ich legte daraufhin mit einer energischen Handbewegung die Zeitschrift beiseite, warf ihm einen verliebten, aber energischen Blick (der eindeutig sagte, wo der Pfeffer wächst und woher der Wind weht) zu und begann meine Aufmerksamkeit auf die anderen „Miträumlinge" zu lenken.

Während der Zwerg mir weiterhin verliebte Blicke und Luftküsschen zuwarf, lauschte ich gespannt den Worten der drei mir gegenüber sitzenden, pummeligen Damen im gesetzten Alter – deren Lieblingsthema die Sorgen und Nöte der anderen waren.

Die mittlere der Damen begann etwa von ihrer Nachbarin gegenüber zu erzählen, die sich gerade hatte scheiden lassen, weil ihr Mann sie ständig mit der Nachbarin von gegenüber betrogen hatte. Die Dame rechts von ihr erklärte daraufhin, dass eine entfernte Bekannte von ihr jetzt schon das dritte Kind bekäme, und das von drei verschiedenen Vettern ...

Die letzte der Damen bemerkte schließlich, dass auch sie in etwa neun Monaten erneut Mutter werden würde, und das, obwohl sie trotz ihres hohen Alters die Ei- und Spermaübertragungen eines afrikanischen Spenderpaares sehr gut vertragen hatte, der Arzt ihr trotzdem („schwarz auf weiß") zu einer akuten „Kinderverfärbung" geraten hatte ... und sie aus diesem Grunde bereits das neunte Mal zur „Einfärbebehandlung" ins **Krankenhaus** musste ...

Krankenhaus, das war das Stichwort, und nun begann es ... die Frauen fingen in einem Redeschwall an, von ihren Krankheiten zu erzählen: Blinddarmentzündungen wechselten sich ab mit giftgrünen Gallensteinen. Entfernte Zimperlitzchen wurden gleichsam behandelt wie Kopfamputationen und Fettabsaugungen … und als der Zwerg sich schließlich mit der Bemerkung in die Gespräche einzwängte, dass er vor seiner Mandelentfernungsoperation in der amerikanischen Pro-Basketball-Liga gespielt habe, da verwandelte sich meine sonst so schweinsrosafarbene Gesichtsfarbe in die meiner ursprünglich blassweißen Hose. Ich erhob mich so gut es ging und rannte eiligst zur Herrentoilette ...

Das heißt, ich wollte rennen … in Wahrheit fiel ich mit ausgestrecktem Ganzkörper zu Boden wie ein nasser Sack nach der Kartoffelernte. Dieser entzückende Balg von einer plattbusigen Mutter (jener Übeltäter, der meine Hose zu einem Leopardenfell degradiert hatte) hatte doch glatt die Schnürsenkel meiner Turnschuhe an den fest am Fußboden vernagelten Füßen des Arztpraxiswartestuhls festgebunden. Ein freier Fall nach dem (K)äpplerischen Naturgesetz war, wie jeder Drittklässler im Physikunterricht weiß, unumgänglich gewesen.

Ich erwachte nur wenige Tage später aus einem tiefen komatösen Schlaf … vollkommen befreit von jeglichen Mandeln und Schmerzen … im Himmel.

Ein freundlicher alter Herr mit einem langen weißen Bart trat (den rechten Zeigefinger gen Universum hebend) auf mich zu und erklärte mir in einem sanften, aber bestimmten Ton, dass es noch zu früh für mich im Himmel sei und dass er mich umgehend zurückkatapultieren müsse, weil ich die „40 Jahre Pflichtbeitragszahlung" für die gesetzliche Rentenversicherung auf der Erde noch nicht erreicht habe ...
Und so geschah es dann auch, und ich landetet wieder hier unten ...
Vom „himmlischen Paradies" zurück, kündigte ich alsbald meinen verhassten „rentenbeitragsversicherungspflichtigen" Job im Büro und heuerte als (nichtrentenversicherte) Hilfskraft bei einem italienischen Eisverkäufer in der Siegener Straße an.
Hier bin ich nun glücklich, esse jeden Tag einen Liter Milcheis (ohne Sahne und für die gute Linie), weil das gut gegen das erneute He-

ranwachsen von Mandeln sein soll, und lebe ewig, weil ich bei dem Lohn ja zum Glück nie die 40 rentenversicherungspflichtigen Beitragsjahre voll kriege ... auf Ihr Wohl, Herrgott!

Grüß Gott

Und Gott sprach zu Adam: „Nun, mein lieber Sohn, es ist der Zeitpunkt gekommen, wo du alt genug bist, um eine Verbindung mit einem anderen Wesen einzugehen ...“

So also schuf Gott ein Weib für Adam und nannte es Eva ...

Und wiederum sprach Gott zu Adam: „Nun, mein lieber Sohn, sei glücklich mit ihr, allerdings in Maßen, so dass die lieben Verwandten hier nicht übel reden über irgendwelche Ludereien und Laster. Auf dass ihr euch mehret wie die Karnickel auf der osterlichen Wiese und sie für ewig dein untertäniges Weibe bleibe ...
(frei nach der Schöpfungsgeschichte ...)

Männer haben's schwer

Nur seiner Kraft und Intelligenz hat der Mann es zu verdanken, dass er in all den vergangenen Zeiten die Übermacht über die Naturgewalten und das weibliche Geschlecht behalten und sie so zu seinem willigen Untertan machen konnte. In der grauen Vorzeit etwa oblag es dem Mann, seine Frau wie wild zu lieben oder sie einem vorbeiziehenden Dinosaurier ins offene Maul zum Nachtisch zu verfüttern. In der Antike das Gleiche: nur dass hier die Wahl des „Ablebenlassens" entweder bei der Opferverbrennung an die höchsten Götter (etwa zur Wohlstimmung beim Anstreben eines Senatorenpostens) oder beim Verschenken der Ehegattin an einen Gladiatorenzirkus lag, der (zur stimmungsvollen Anreicherung des Wochenendes) sie entweder den hungrigen Kämpfern oder den gleichermaßen hungrigen Löwen vorwarf (im Normalfall mussten beide Berufsgruppen nach dem Verzehr der „zähen" Dame getötet werden, da sie aufgrund der Folgeerscheinugen untauglich für jedwede Kämpfe wurden).

Ja, zu allen Zeiten war der Mann Herrscher über die Natur und die Frauen. Zu allen Zeiten, immer … nur ausgerechnet an der Schwelle des 21. Jahrhunderts droht dieser Zustand mehr und mehr zu verschwinden.

Plötzlich wagen es die Frauen, sich gegen ihre Männer aufzulehnen und nach Befreiung von der „Sklaverei und inhumanen Tyrannei begangen an den Töchtern Evas" (ich zitiere hier eine bekannte Frauenzeitschrift) zu schreien … so als ob wir sie nicht gut behandelt hätten.

Sie fangen auf einmal an, ihr Leben selbst zu bestimmen. Sie gehen in Schulen und höhere Lehranstalten, um Ingenieurinnen und Doktorinnen zu werden, und das Schlimmste daran ist, sie haben auch noch dabei Erfolg. Erfolg, der sie arrogant und eitel werden lässt. Erfolg, der sie sogar in staatsführende Positionen „katapultiert" und ihnen dadurch immer größeren Einfluss beschert. Man glaubt es kaum, aber in ihrem Hochmut gehen sie manchmal so weit, dass sie sogar einen Bombenposten einfach sausen lassen, ohne auch nur mit der Wimper zu zucken. Jeder richtige Mann würde da zumindest ein mehrtägiges Wehklagen erheben, die Götter und ihren verdammten Chef verfluchen und anschließend aus Genugtuung einen ordentlichen Herzinfarkt bekommen – das, meine lieben Herren, nenne ich Rückgrat zeigen. Ach, liebe Männer und Geschlechtsgenossen, es geht bereits schon so weit, dass einige Feiertage eingeführt wurden, die nur den Frauen vorbehalten sind – man bedenke einmal.

Zu diesen Feiertagen gehört einer, welcher alljährlich in der Faschingszeit seinen alles verschlingenden Einzug hält ... ich meine die Altweiberfastnacht.

Dieser Tag – oder diese Nacht, wie man will –, der wie gesagt jedes Jahr so pünktlich aufs Neue kommt, wie die Römer nach Gallien zogen und dort alles verwüsteten, was nicht niet- und nagelfest war – gehört also anscheinend schon so sehr zur weiblichen Tradition, dass eigentlich nur der Belzebub selbst weiß – und natürlich seine Gespielinnen –, warum er gefeiert wird. Auf jeden Fall spielen die Weibsleute allesamt (auch meine Schwester) an diesem Tag besonders verrückt. Was heißt verrückt, sie benehmen sich ganz einfach wie der Leibhaftige selbst, oder wie Irre, oder wie deutsche Urlauber auf Mallorca ... und das geht so:

Schon am frühen Morgen eines solchen Tages kommen sie alle zwitschernd mit riesigen Scheren bewaffnet in die Büros, um nichts anderes zu tun, als einem die gerade neu erworbene Krawatte um die Hälfte ihrer ursprünglichen Länge zu verkürzen ... schnips, schnips, und ab ist sie ... und den abgeschnittenen Teil wie eine männliche Trophäe an die nächste Wand zu nageln (In einzelnen Fällen hat die örtliche Polizei Berichten zufolge auch schon nach solchen Tagen an die Wände genagelte männliche Körperteile, die an blutigen Seidenstoffen hingen, konfiszieren müssen. Von den Trägern sowie von den Täterinnen keine Spur). Als Nächstes beginnen dann diese albernen Frauenzimmer mit den schon berüchtigten neckischen Bürospielen ... Sektflaschen drehen ... Altbacher Straßensekt, Jahrgang 1970, süffig und mundig, mit einem ausgezeichneten bauchigen Geschmack unter der Oberlippe ... anschließend kommt dann das große Betatschen ...

Die „Gänse" sind in dieser Phase bereits so angeheitert und anmacherich, dass sogar die Straßenköter in der nächsten Umgebung das Weite suchen (die Auswanderungsrate liegt nach statistischen Angaben des Bundesamtes für Statistik für Antragsteller männlichen Geschlechts bei Männern und rüdhaften Hunden in der Altweiberzeit besonders hoch).

Bis zum Mittag sind die Damen dann so stockbesoffen, dass man annehmen kann, durch diesen Spirituosenkonsum sei das Weiterbestehen unserer demokratischen Volks**wirtschaften** für die nächsten 100 Jahre gesichert. Sie torkeln in den Räumen umher wie die Besatzung der Titanic vor dem Untergang und schrecken auch vor der geheiligten Chefetage nicht zurück.

Nach weiteren zwei Stunden haben sie auch diese Etage vollends bestürmt und eingenommen, mit dem Ergebnis, dass der Prokurist betrunken unter seinem Schreibtisch liegt, während der Personalchef mit einer Alkoholvergiftung und der Werbechef mit der Chefsekretärin zu kämpfen hat.

Am Ende des altweiberlichen Arbeitstages riecht die Firma einer Schnapsbrennerei zum Verwechseln ähnlich, der Personalchef wird in eine Entziehungsanstalt eingeliefert, und die Scheidung des Werbechefs steht kurz vor ihrem Abschluss.

Ich selbst konnte mich den Zugriffen der verrückten Damen noch recht gut erwehren, und bis auf eine zerfetzte Hose und die eingangs erwähnte halbe Krawatte, und ach ja, einen gebrochenen Mund, hatte ich zumindest keinen weiteren körperlichen Schaden erlitten ... überraschenderweise erhielt ich allerdings einige Monate nach diesen Ereignissen einen Bescheid des örtlichen Amtsgerichtes, in dem ich aufgerufen wurde, zwei zukünftige Vaterschaften anzuerkennen. Also, ich bitte Sie, meine Damen!

In wenigen Tagen steht die Altweiberfastnacht wieder vor der Tür ... ... diesmal habe ich mir aber vorsichtshalber bereits Urlaub für diese Zeit genommen und einen Flug zum Mars gebucht. Meinen gesamten Krawattenvorrat habe ich im Garten verscharrt ... aus Sicherheits-

gründen … und auch den Mund habe ich mir von meinem Leibarzt zunähen lassen ...
Man weiß ja nie, was so alles auf dem Mars gefeiert wird.

Bon Voyage

„Unsere Jugend", so hört man immer wieder Erwachsene sagen, „ist doch eine einzige Schande, eine dreckige Kloake, in die schon die kleinsten Kleinkinder fallen. Eine Brut aus nichtsnutzigen kleinen Verbrechern, alles verwöhnte Bälger, die nichts anderes zu tun haben, als sich Rauschgift in die ach so unansehnlichen Arme zu jagen. Kurz, eine Jugend, die es sogar fertigbringt, alten Leuten hilfsbereit über die Straße zu helfen, um sie anschließend in aller Ruhe ausrauben zu können ... welch eine Dreistigkeit."

In der Tat, solche Behauptungen muss der Jugendliche allenthalben zu hören bekommen. Und das Einzige, was er aus Frustration darüber schließlich machen kann, ist, dass er entweder zu einer gewissen Lethargie übergeht und sich heulend bis zum Ende seiner Tage in sein Zimmer einschließt, oder dass er auf die Straße geht und Fenster einschmeißt, während er sich eine Spritze in die Venen drückt ... oder eben alten Omas über die Straße hilft, um sie anschließend auszurauben...

Was für eine Jugend

Neulich war ich Zeuge eines Gesprächs zwischen einem alten Rentner und einer Gruppe dieser jugendlichen Triebtäter (dem Abschaum des gutbürgerlichen Demokratiestaates), die sich auf unserem heimischen Dorfplatz versammelt hatten.

„Ihr verflixte Bande", schrie der etwa 70-jährige Rentner, wobei er seinen Spazierstock drohend in die Höhe schwang, „ihr habt doch nichts als Unsinn im Kopf, nur Faulenzen und arme Mädchen schwängern. Nein, das hätt's zu unserer Zeit nie gegeben."

Ich erwartete eine wütende Reaktion der Jugendlichen ... stattdessen aber widersprach keiner der Anwesenden, und jeder begann, rumzufaulenzen oder seine Freundin zu schwängern ...
Der Rentner, wegen des zurückhaltenden Verhaltens der „Youth" nun sichtlich verärgert und noch aufgebrachter als zuvor, konterte: „Ihr verdammte Pissbande, ihr bringt doch nichts zustande. Kommt als Dumme aus der Schule, kriegt keine Arbeit und lebt dann auf Kosten der anderen wie im 7. Himmel."

Wieder kam kein Einwand, und alle Jugendlichen, ob sie eine Arbeit hatten oder nicht, gaben diese auf und lebten nun auf Kosten der anderen wie im 7. Himmel.

Jetzt konnte sich der Alte kaum noch einkriegen, und in riesiger Wut und Verzweiflung rief er die für die Jugendlichen alles bestimmenden Worte: „Ihr seid ja sogar zu dämlich, um ordentlich Fußball zu spielen."
Plötzlich brach ein tobendes Gebrüll los, und der Alte glaubte, sein letztes Stündlein hätte geschlagen. Ein etwa zwei Meter großer, mit schulterlangen Haaren behaarter „Kleiderschrank" erhob sich mit hochrotem Kopf und farbgleich passender Hose. Mit einem Satz war er beim Rentner und ... fiel ihm schluchzend in die Arme ...
Der sprechende „Schrank": „Das stimmt verdammt noch mal nicht, dass wir kein Fußball spielen können. Wenn wir auch faul sind und

Verbrecher und ... und ..., aber dass wir kein Fußball spielen können, das ist nicht wahr."

Einem Weinkrampf nahe, rief der „Schrank" schließlich immer wieder: „Bitte Alter, bitte nimm das zurück ... bitte, bitte ...", und trommelte dabei dem Rentner so hart auf dessen Hühnerbrust, dass der langsam so blau wurde wie die gute alte Donau vor 100 Jahren, und gleichzeitig versuchte, nach frischer Luft zu schnappen ...
Als der „Schrank" schließlich merkte, dass der Alte begann, langsam kalt zu werden, schlug er ihm kräftig auf die noch gesunde rechte Lunge, sodass sich dieser wieder einigermaßen fassen konnte ...
Nun vom Tode zum Leben wieder auferstanden, begab sich der Rentner sogleich in eine zurückhaltende Herrscherpose, die ihn an einen gewissen irren Möchtegern-Diktator aus den dreißiger Jahren erinnern ließ, und mit beißender Schäferhundmiene und krächzender Stimme begann er den „Schrank" und seine Untertanen von ganz rechts außen anzuschnauzen ...
„Dann beweist es, verdammt, beweist es. Ihr Scheißkerle spielt doch so gerne, dann lasst ihr feige Bande euch doch mal mit den richtigen Männern ein."

Während er sprach, spuckte er dem „Schrank", scheinbar angewidert von dessen ekligem Gesicht, immer wieder auf das Haupt, wobei sich der „Benässte" geknickt in eine dunkle Ecke zurückzog. Als der Alte sich endlich all seiner oralen Flüsssigkeit entledigt hatte, sprang der „Schrank" mit allerletzter Kraft verzweifelt aus seiner feuchtgewordenen Ecke heraus, um alsbald einen entsetzlichen Schrei auszustoßen (es muss der Ehrlichkeit halber erwähnt werden, dass dieser Vorgang des „aus der Ecke Springens" in Wahrheit etwa wie der erste Mondgang Armstrongs in 2.000-facher Verzögerung aussah und der „Schrank" während dieser Sprungzeit nicht nur verblödet in die Gegend gaffte, sondern dabei auch noch seiner Freundin ein zweites Kind machte. Auch die anderen Jugendlichen gafften gleichermaßen und entlausten gegenseitig ihre Pelze, wie es nur die Affen können – wahrlich, dieser Anblick erinnerte an die Zeit, als der Mensch noch wie sein Vorfahr auf den Bäumen lebte und gerade erst dabei war, das Laufen in der Steppe zu erlernen, um so diesem „Affendasein" entfliehen zu können). Der „Schrank" trat also abermals vor den alten „Führer" und sprach jetzt in einem etwas ruhigeren und würdevolleren Ton: „Du, Alter, wir werden euch beweisen, wie gut wir sind. Sag deinen Leuten, dass wir uns am Sonntag um 11 Uhr auf dem Sportplatz treffen. Aber keine Tricks bitte, vollkommen faires Spiel. Wenn's um Fußball geht, dann wird nicht gemogelt. Sag ihnen das, klar?"

„Natürlich klar", entgegnete der Alte, kommt sich vor wie der „Alte Fritz" persönlich und geht erhobenen Hauptes in die nächste Kneipe.

Am nächsten Sonntag Punkt 11 Uhr auf dem dörflichen Fußballplatz ...

Mann in Schwarz: „Also Leute, ich verbiete mir jegliche Tätlichkeiten. Nur ein Foul und ich jage euch zum Teufel. Ist das klar?"
Jugendliche Räuber: „Klar, o.k.!"
Erwachsene: „Natürlich, klar, k.o.!"

Der „Schwarze" pfeift das Spiel an und die Handlung folgt wie folgt ...

Ein Beobachter:
„10 Minuten gespielt. Paul Baumann, Gastwirt des Gasthauses ‚Zum wilden Stier', jagt den Ball kurz vor dem eigenen Tor zurück in die gegnerische Hälfte. Kurt Schumann, Kellner in Baumanns Gasthaus, übernimmt den Ball, nachdem er seinen Gegner mit einem Würgegriff zu Boden gestreckt hat und flankt ihn zu Heinz Schmidt, Trinker und bester Stammkunde im ‚Wilden Stier'. Der kann den Ball ungehindert zum 1:0 ins gegnerische Tor schießen."
„Er hat mich angehaucht ... er hat mich angehaucht", ruft der Bewacher von Schmidt, der anschließend wegen Verdachts auf eine Alkoholvergiftung vom Spielfeld getragen und in die Notfallaufnahme des städtischen Krankenhauses eingeliefert werden muss.

Von der 35. bis zur 45. Minute begann dann das große Sterben der jugendlichen Märtyrer, so jedenfalls könnte man in späteren unzensierten Geschichtsbüchern lesen. Denn in dieser Zeit metzeln die Spieler Kasulke, Heinrich und Spengler alles Jugendliche nieder, was ihnen nur in die Quere und in die elektrischen Rasiermesser kommt. Das Spielfeld gleicht einem Schlachtfeld nahe Verduns im ersten großen Krieg … überall Blutlachen, halb angesägte Arme, Beinteile, abgerissene Unterlippen und sogar der Skalp eines ehemaligen Punkers …

Es steht inzwischen 4:0 und die Jugendlichen lassen sich weiter in die Defensive drängen. Langsam werden die Zuschauer wütend, und lauter werdende Buhrufe sind besonders aus der Gegend der bürgermeisterlichen Ehrenloge klar zu hören. Einige ehrwürdige Mitglieder des örtlichen Parteiengremiums sowie ein hoher kirchlicher Würdenträger ergehen sich sogar in einen gemeinsamen Wehgesang, der wie folgt zu vernehmen war: „Verdammt, was für ein langweiliges Spiel. Diese feige, elende Bande wehrt sich nicht einmal … buh, buh … jagt sie ins Fegefeuer.“

Mitte der 80. Minute haben die Zuschauer dann schließlich genug, reißen die Stadionzäune nieder und stürzen sich auf die vor Todesangst schreienden Jugendlichen.

Am Ende steht das Spiel 7:0 für die Erwachsenen.

Ein am Spielort anwesender Reporter eines halbstaatlichen Fernsehsenders umriss die Frage eines ausländischen Spielbetrachters, „in welcher Position denn die Männer in den grünen Uniformen spielen“ mit folgenden Worten: „Der Einsatz der Polizei hat sich nicht gelohnt. Nur einmal musste die bewaffnete Staatsgewalt einschreiten, als sich ein jugendlicher Spieler kurz vor Schluss des Spiels mit Gewalt dagegen wehren wollte, am eigenen Tor von brav zahlenden Zuschauern aufgeknüpft zu werden …“
„Oh, diese Jugend … alles verweichlichte Typen … so was hätte man früher nicht zur Welt gebracht …“

SO NY

P.S. Der Verfasser dieser Zeilen möchte sich spätestens an dieser Stelle des Buches für jedwede Fehlhaftigkeiten in Bezug auf die Anwendung der deutschen Grammatik, insbesondere in den Bereichen Rechtschreibung, Zeichensetzung und Ausdruck bei allen entschuldigen, die sich bis hierher „vorgekämpft" haben. Als Rechtfertigung kann hier u. a. vorgebracht werden, dass der Verfasser in seiner aktiven Schulzeit nur wenig Interesse am Deutschen im Allgemeinen zeigte (außer etwa das Interesse an der jungen und zauberhaft schönen Hospitantin, die ihn fast ein volles Jahr mit ihrer Anwesenheit in der 9. beglückte). Außerdem soll auch darauf hingewiesen werden, dass einige der „gezeugten" Geschichten an Originalschauplätzen verfasst wurden, die es an Gefährlichkeit getrost mit einigen Gangster-Milieu-Kulissen Hollywoods aufnehmen können. Beispielsweise wurde die obige Geschichte in einer ziemlich verwahrlosten Kneipenecke im Städtchen Burbach verfasst, in der nur wenige Tage vorher ein Jugendlicher mit einem Kuchenmesser beinahe (um es mit Karl Mays Indianerhelden Winnetou zu halten) „in die ewigen Jagdgründe" befördert wurde. Wenn da mal einige Kommas falsch gesetzt oder ein Wort aufgrund nervöser Zuckungen der Schreiberhand fehlerhaft geschrieben wurden ..., also bitte ..., aber verzeihen Sie!

Um aber nochmals kurz auf die Sache mit den Originalschauplätzen zurückzukommen: In dieser Hinsicht halte ich es gerade wegen der diesbezüglichen besonderen kreativen Atmosphäre ähnlich wie meine werten Kollegen Ernest Hemingway und John Steinbeck, die, zwecks Erweiterung ihrer schöpferischen Befähigungen, etwa in Spanien von wilden Stieren gepeinigt und durch die Straßen gejagt wurden (Ernest) oder Mäuse im Keller züchteten (wie etwa John für seine entzückende Geschichte von „Mäusen und Menschen").

Zum Abschluss sei dann auch noch erwähnt, dass es eben zum Berufsrisiko gehört, wenn einem schöpferisch wirkenden Geist von irgendwelchen dahergelaufenen Kritikern (wie etwa Deutschlehrern) beim Lesen seines Werkes vorgeworfen wird, dass man überall in den Geschichten „unnötige" Kommas oder andere grammatische „Fehltritte" findet, die die Blätter schließlich so aussehen lassen wie das Gesicht eines an Pupertät erkrankten, mit Pickeln überhäuften Sechzehnjährigen. Alle diese „Stimmen" sollten sich einmal in die körperlich-geistige Angespanntheit hineinversetzen, die mit der Entstehung einer „lebendigen" Geschichte einhergeht. Sobald sie dessen wirklich fähig sind, so werden sie hernach ihr „kritisches" Auge reiben und wohl ein paar läppische Deutschfehler von Ernest, John und meiner Wenigkeit unter den Teppich des Schweigens und Vergessens kehren können. Schließlich hat es ja auch bereits vor über 200 Jahren unser lieber Freund Immanuel Kant verstanden, verschnörkelte und kommaverseuchte Sätze zu schreiben – und ist damit auch berühmt geworden.

Ich danke Ihnen im Namen aller großen Literaten dieser Erde für Ihr Verständnis in dieser Angelegenheit!

Zum augenblicklichen Zeitpunkt gibt es bei uns etwa 2 Millionen Arbeitslose (Stand: Schon ziemlich lange her).

Das statistische Bundesamt unseres Landes hat ausgerechnet, dass in ungefähr 20 Jahren von etwa 15 Millionen arbeitenden Bewohnern fast 25 Millionen arbeitslos sein werden. Angesichts dieser Angaben ist zu fragen, ob man nicht alle Kindergärten abschaffen sollte, da diese ja förmlich mit zukünftigen arbeitslosen Faulenzern vollgestopft sind.

Jede Stadt, jedes kleine Dorf besitzt laut demselben Bundesamt mindestens ein Arbeitsamt. Manche Gemeinden „schmücken" sich sogar mit fünf, sechs oder mehr, und die ersten Bundesbürger beginnen bereits, sich eigene Arbeitsämter entweder für den Eigengebrauch (als Chef eines privaten Jobcenters) oder als Investition in die Zukunft (man hört von vielen Bankern, dass besonders in diesem Bereich von einem ausgezeichneten Wachstumspotential mit fantastischen Renditen ausgegangen werden kann) zu bauen bzw. sich bauen zu lassen. Apropos: Mein erstes ist gerade fertig geworden – es steht an der französischen Riviera, mit wunderschönem Ausblick auf das Mittelmeer.

Eine fabelhafte Lösung, „Koksi"

Totenstille herrscht in den Räumen des dörflichen Arbeitsamtes. Es ist 23 Uhr abends und sicherlich arbeitet jetzt keiner mehr. Fast keiner ... denn plötzlich hört der spitzohrige Leser in einem der hinteren Räume, in dem noch Licht brennt, das Klappern einer Olympus-Schreibmaschine. Ein Überstunden machender Beamter, der sich irgendwie in der Zeit vertan hat oder dem häuslichen „Drachen" entfliehen wollte? Nein, keineswegs, sondern nur einer, der noch am nächtlichen Werke ist wie die weltberühmten Mainzer Heinzelmännchen, wenn jeder vernünftige Mensch bereits von süßen Mädchenbeinen, knackigen Adonis-Hintern oder kahlgeschorenen Schafen träumt. Man möge sich fragen, ob man sie denn noch in der heutigen Zeit findet, die proletarischen Vorbilder längst vergangener Zeiten? Wer weiß, wer weiß?

Plötzlich jedenfalls hört das Klappern der Schreibmaschine auf. Die Türe des „Klapperraumes" öffnet sich von innen und eine vermummte, schwarzgekleidete Figur, die einem japanischen Ninja-Kämpfer zum Verwechseln ähnelt, betritt mit einigen Unterschriftsmappen den unteren Flurbereich des Arbeitsamtes. Der Vermummte öffnet eine nebenliegende Zimmertür, tritt in einen leicht verdunkelten Büroraum und platziert die Mappen auf einen sauber geordneten Schreibtisch. Dann klopft er an eine zweite größere Tür des gleichen Raumes, auf der man das Schild „**Direktion**" lesen kann. Von innen hört man ein freundliches „Herein", und das ist dann das, was der Ninja-Krieger tut, nämlich das Zimmer betreten:

Ninja-Krieger: „Herr Direktor, ich bin dann so weit. Die Briefe sind getippt und liegen unterschriftsfertig in den Mappen auf Ihrem Schreibtisch im amtlich klassifizierten Unterschriftsraum. Ich gehe dann jetzt. Also auf Wiedersehen und bis morgen Abend. Und die besten Grüße an die Frau Gemahlin und die lieben Kinder."

Die freundliche „Herein"-Stimme: „Ist gut, Kasulke. Machen Sie's gut, bis morgen ... ach, und Kasulke ... bitte kommen Sie morgen erst um 19 Uhr ... das Arbeitsamt schließt morgen erst eine Stunde später ... wissen Sie, wegen des Feiertags am Freitag ...?!"

Ninja-Krieger: „Wird gemacht Chef, also bis morgen ..." (tritt ab)

Die freundliche „Herein-Stimme" des Chefs: „Ja, dann bis morgen."

Der Mann, den der vermummte Ninja-Krieger Kasulke da eben Chef nannte, ist in Wirklichkeit gar kein richtig gelernter Chef (Frage an Prawda: „Muss man etwas lernen, um Chef zu sein?" Antwort: „Ihr Chef hat mitgehört, Sie sind entlassen" ... also schon wieder einer mehr).
In Wahrheit heißt er Heinz Baumann, von seinen Freunden aber nur „Koksi" genannt, weil er früher einmal in einem Kohlebergwerk gearbeitet hatte.

Aber bitte lesen Sie doch das nachfolgende Interview ...
„Ja", erzählt Heinz Baumann, „früher war ich Bergmann, Kasulke übrigens auch. Und als dann vor zwei Jahren die Zeche zumachte und wir arbeitslos wurden und keinen neuen Job finden konnten, da kam mir die Idee mit dem Arbeitsamt. Seither arbeiten wir nachts, wenn die Beamten des Amtes schon lange Feierabend haben. Früher mussten wir noch die Türen einschlagen, um an unsere Arbeit zu kommen. Jetzt haben wir bereits eigene Schlüssel."

„Tja", sagt er dann weiter und rückt ein bisschen im Chefsessel hin und her, „auch sonst versprechen die Selbstarbeitsbeschaffungsmaßnahmen ein voller Erfolg zu werden. Die Tarif- und Anerkennungsgespräche sind in vollem Gange, und der ‚Tag-Chef' hat bereits darüber nachgedacht, welchen Vorteil ein 24 Stunden geöffnetes Arbeitsamt mit sich bringen könnte. Man muss doch auch an die lieben arbeitslosen Mitbürger denken, die ihre Tätigkeit normalerweise zu nachtschlafender Zeit ausführen. So könnten sich Arbeitnehmergruppen wie Räuber, Brandstifter, Zuhälter und ihre ‚Bordsteinschwalben' ihre Unterstützungen doch zu einer für sie gewohnteren Zeit abholen ..."

„Gestern Abend kam der ‚Tag-Chef' sogar in sein/mein Büro, um mir herzlichst zu meinem Geburtstag zu gratulieren. Als wir bei einem anschließenden Gespräch auf das Thema der derzeitigen Arbeitssituation zu sprechen kamen, meinte er, dass wir besonders während der belebten Sommerzeit-Periode die Belegschaft erhöhen sollten ... Ich gab meine Einwilligung jedoch nur unter der Bedingung, dass die ‚Personalaufstockung' nicht erst im Sommer, sondern so bald wie möglich erfolgen müsse, da wir ansonsten noch eine dritte Schicht einführen müssten, die nur dann zu bewältigen wäre, wenn wir einen zusätzlichen achten Wochentag einführen würden. Dies, so argumentierte ich, könnte ich allerdings keinem meiner Mitarbeiter zumuten ..."

Interviewer: „Sie sind also mit dem Stand der Dinge zufrieden?"

Koksi: „Ja sicher, uns stehen rosige Zeiten bevor ..."

Interviewer: „Vielen Dank für dieses Gespräch, ach Koksi ... dürfte ich Sie weiterempfehlen?"

Koksi: „Ja, ja, machen Sie das. Gute Leute können wir immer gebrauchen."

Interviewer: „Vielen Dank."

Koksi: „Ich danke Ihnen."

Und tschüss

In unserem demokratisch eingestellten Lande gibt es zwei Arten von Menschen: Zum einen haben wir hier die sogenannten „Normalbürger" – oder wie die Vorstandsleitungen großer Konzerne auch gerne naserümpfend (und eher nach einem Motorennamen klingend) sagen, den „Otto-Normalverbraucher". Zum anderen besiedelt unser ach so grünes Land noch den Politiker-Typus. Während der Erstere doch recht gelehrig ist und über ein gewisses Maß an Verstand verfügt, gilt der Zweite als schwer zu bändigen, uneinsehbar und arrogant. Diese Einstellung täuscht allerdings, und wenn man einen Politiker nur einmal persönlich kennen gelernt hat, wird man schnell feststellen, dass er sehr wohl imstande ist, auch das noch so geringste bisschen Grips hinter seinem ungestümen Drang nach Anerkennung und Machtstreben zu verbergen. Ihn als einfachen Idioten zu bezeichnen, wäre aber sicherlich eine zu vorschnelle Verallgemeinerung dieser Gattung „Mensch". Und doch ... man bedenke nur den Vorteil dieser Titulierung im komplexen deutschen Gesetzeswerk:

Wird man nämlich in unserem Land als „Idiot" eingestuft (Steuerklasse 8 1/2), so gilt man als unzurechnungsfähig und kann somit „wer weiß wie oft" seine Frau um die Ecke bringen, den Hund vergewaltigen oder – als interessante Variante – den deutschen Steuerzahler hinters Licht führen, bis dass der dusselig wird. Während man im Ausland dafür eine langjährige Haftstrafe bekommt oder der Verbannung auf eine trockene und verdorrte Insel (siehe das Beispiel Australien) anheimfällt, lacht sich ein Idiot in Deutschland ins geballte Fäustchen und steckt seine zehnmonatige Haft auf Bewährung in die besagte Manteltasche. Ja, und deshalb stört es die besagte Politiker-Klasse auch herzlich wenig, als Idiot oder „was auch immer" bezeichnet zu werden. Gleiches gilt, wenn sie auf heuchlerischen Wahlveranstaltungen beim Wähler um ihre Gunst werben und von ihm mit geringem Beifall und Buhrufen dorthin gewünscht werden, wo das Heizen kostenlos ist und der Mann mit Hörnern auf dem Kopf und langem Schwanz am Ende seines Kostüms wohnt ...

Aber ... die meisten von ihnen sind es ja auch nicht ... Idioten meine ich ... und ehrlich gesagt, wir brauchen sie ja ...

Denn jedes kleine Kind weiß doch, dass man einen ausgewachsenen Politiker durch nichts und niemanden ersetzen kann ... durch niemanden ersetzen ... durch fast niemanden ... vielleicht nur durch einige wenige ... im Grunde genommen durch jeden. Aber wirklich geeignet für diesen Posten sind nur psychisch gestörte Geisteskranke, ehemalige Funktionäre und leitende Karrieristen, Sklaventreiber, entflohene Sträflinge, Kleptomanen oder „rentnerierte" Schriftsteller. Aber nun zur Sache ...

Im Bundestag

Die folgende Szene soll nun diese unsere Elitetruppe bei ihrer wichtigen Arbeit, dem Regieren unseres Landes, zeigen. Daher schalten wir also nun um in den altehrwürdigen Sitzungssaal des Hohen Hauses, wo schon solche Geister wie oohs Kölsche Väterchen Adenauer, der stets Zigarre rauchende Erhard (nein nicht der Heinz, der war komischer und daher Komiker), pfeifender Wehner, spitzer Schmidt, Genosse Willy Brandt und natürlich der langlebige Dr. Gewürzgurke (nein, falsch, natürlich Dr. Kohlrabi ... ach nein, der Kohl war's) mit Herzenslaune ihren Amtsgeschäften nachgingen...

Im Sitzungssaal

Der Bundespräsident betritt den Hohen Saal. Die Abgeordneten haben bereits Platz genommen. Er stellt sich vor seinen hohen Sessel ... **echt Eiche mit Samtbezügen gepolstert, ein Meisterwerk handwerklicher Schnitzkunst von Meyer & Wiegenthal und für den erschwinglichen Preis von 2.000 Geldstücken lieferbar sechs Monate nach Eingang der Bestellung** ... und verneigt sich vor den Anwesenden.

Die Mitglieder der Oppositionspartei erheben sich. Auf ein leises Pfeifen des Oppositionsführers hin verneigen alle Oppositionsmitglieder ihre meist kahlköpfigen Häupter in Richtung des Hohen Sessels und dessen Draufsitzers.

- Empörung und Pfiffe auf der Seite der Regierungs- und Koalitionspartei. Nach Ordnungsziffer 1765 Q 732 Absatz 149 B behält sich die Regierungspartei und ihr Koalitionspartner das Recht vor, bei Sitzungseröffnungen als Erstes ihren Gruß in die Richtung des Hohen Sessels abgeben zu dürfen. Verstoß gegen die Sitzungsordnung. „Herr Sekretär, bitte einen Vermerk ins Protokoll, danke."
- Anschließend erheben sich die Mitglieder der Regierungs- und Koalitionsparteien AKP (Allgemeiner Koalitionspartner) und SKPdAKP (Spezieller Koalitionspartner des Allgemeinen Koa-

litionspartners) und verneigen sich mit bitterer Miene und leicht wutenbrannten Köpfen vor dem Präsidenten und dessen Sessel. Die Oppositionspartei wird gänzlich übersehen, außer Acht gelassen, ja sogar regelrecht ignoriert. Sie ist Luft, Staub, Sodom und Gomorrha … ein Nichts.

- Empörung und Pfiffe auf der Seite der Opposition. Nach Ordnungsziffer 1765 R 744 Absatz 112 C behält sich die Opposition das Recht vor, von der Regierungs- und Koalitionspartei nicht wie Luft, Staub oder Sodom und Gomorrha behandelt zu werden (nach der Zweigverordnung, die besagt: „Wir sind auch wer"). Zudem wird angemerkt, dass sie vor dem Hohen Sessel und dessen langsam ermüdenden Draufsitzer normalerweise als Zweites ihre Verneigung abgeben dürfe. „Also, Herr Sekretär, hey Sie, wachen Sie sofort auf Mann … also … Verstoß gegen … bitte einen Vermerk ins Protokoll, danke.

Als sich schließlich alle verneigt haben – die Prozedur dauert etwa zwei Sunden und 30 Minuten laut protokollarischer Aufzeichnung des mittlerweile todmüden Sekretärs –, nimmt der Präsident schließlich auf dem 3.000 Geldstücke teuren Sessel Platz. Vom vielen Verbeugen ist er schon sehr müde und hat fast keine Lust mehr zu irgendetwas … aber dann sieht er die Fernsehkameras des ortsnahen staatlichen Senders und zeigt sein nun wieder energisches Gesicht in Richtung einer „Rotlichtkamera".

Der Präsident (mit würdevoller Miene und väterlichem Gesichtsausdruck): „Sehr geehrte Damen und Herren, Abgeordnete, Genossen, Landsleute (ein leichtes Lächeln in Kamera 9). Ich freue mich sehr, dass ihr so zahlreich erschienen seid (schaut sich um) … und ich hoffe auf einen guten Verlauf dieser Sitzung (kurze Pause und ein kleines Fragezeichen auf seiner Stirn) und bitte darum, keine tätlichen Angriffe mehr, so wie das letzte Mal … (suchend in eine Richtung und schließlich fündig geworden) … ach, und Abgeordneter Kuntze (wird lauter) … Herr Kuntze (schreit) … K U N T Z E …"

Abgeordneter Kuntze (aufgewacht und aufgeschreckt): „Ja, jawohl Herr Präsident…"

Präsident: „Ich habe eine gute Nachricht für Sie, Kuntze (Pause, dann wieder ernst). Abgeordneter Meier-Bleichenfeld ist gestern aus dem Koma erwacht (hört Kuntze aufatmen). Es geht ihm inzwischen wieder besser (Kuntze macht vor Freude einen Handstand). Er hat Ihnen den Genickschlag von letztem Donnerstag bereits verziehen (Kuntze taumelt vor Freude und küsst dem Sekretär auf die Backe) und … hat mit Handzeichen zu verstehen gegeben, dass er auch Ihre Familie schön grüßen lässt.“

Kuntze (hoch erleichtert, so auch seine Parteigenossen): „Vielen, vielen Dank Herr Präsident, Sie glauben nicht, wie mich diese Nachricht freut (alle freuen sich, Jubelschreie im Saal, Hochrufe für Genosse Meier-Bleichenfeld und große genossenschaftliche Umarmung überall).“

Präsident (nach einer Pause): „Genossen, nun müssen wir aber weitermachen. Die Tagesordnung wartet auf uns (etwas Erstaunen im Saal und leise Buhrufe)“ … Schließlich aber ruft der Präsident den ersten Redner auf … „Abgeordneter Slowski (Mitglied der Opposition), kommen Sie bitte als Erster ans Rednerpult. Danke.“

Abgeordneter Slowski tritt an das Rednerpult. Er wirkt müde und zerknirscht (Kamera 7), kommt aber dann doch plötzlich in Schwung.

Slowski: „Sehr geehrte Abgeordnete (an alle, dann mit voller Begeisterung – Kamera 4) … meine lieben Mitstreiter (an seine Mitstreiter, die ihm ein euphorisches Halleluja und ein rauschendes Klatschen entgegenbringen) …“

● Buh-Rufe und anhaltende Proteste der Regierungs- und Koalitionsparteien. Verstoß gegen Ordnungsziffer 176 L 17 Beta 4 Absatz 151 F der Hohen Hausordnung wegen Missachtung der gleich langen Beachtung aller Mitglieder vor dem Hohen Hause (etwa 7,80 Meter mit Dachboden in der Vertikalen). „Sekretär? wo steckt dieser Kerl?“ Der Abgeordnete tritt auf etwas Weiches auf dem amtlichen Fußboden … „Ach so, da sind Sie ja … also

Verstoß gegen ... Verstoß gegen die ... bitte um einen Eintrag ins Protokoll ... danke."

Slowsky (erschreckend aktiviert nach dieser Unterbrechung): „Wie wir ja alle wissen, geht es der Wirtschaft unseres Landes im Augenblick sehr schlecht ..., um nicht zu sagen miserabel (langer tiefer Blick in die Richtung der Abgeordneten von Regierungs- und Koalitionspartei). Aber, meine lieben Parteifreunde (Schwenk in die Richtung seiner eigenen Parteimitglieder ... Kamera 5 schwenkt ebenfalls und trifft beinahe eine Kellnerin, die gerade die umherliegenden Bierdosen aufsammelt), ich frage euch (... kurze Pause und ein energischer Blick in Kamera 4 „Vollprofil") ..., wer ist schuld an dieser Misere? Wer muss sich dafür verantwortlich zeigen, dass der Staat immer mehr Schulden macht, die Steuern ins Unermessliche anwachsen und meine Frau mir immer noch Vorwürfe macht, dass sie nur noch einen Pelzmantel statt zweien unter dem Weihnachtsbaum vom letzten Jahr vorgefunden hat? Wer (schluchzend), ja wer ist schuld ... (dann mit lauter Stimme und schließlich schreiend) ... jaaaa, meine Freunde, die Regierung, diese verfluchte Regierung ... (taumelnd vor Aufregung und Wut) ..."

- Unüberhörbare Buh-Rufe der Abgeordneten von Regierungs- und Koalitionspartei ... Schreie, Tumult, Tomatenabwürfe der Hollandklasse „Frische Gen-Ernte" (auch Kamera 7 wird getroffen und schaltet sich zutiefst gekränkt aus dem Senderaum aus) ... Attacke ... und der Abgeordnete Slowsky entgeht nur knapp einer Lynchjustiz ...

Dann aber wieder Slowsky mit trauriger Stimme ...
Slowsky: „... wer ist daran schuld, dass meine Frau immer unzufriedener mit mir wird ...?"

Aus der Menge: „Wahrscheinlich bist du ihr nicht gut genug im Bett. Vielleicht hat sie ja deshalb jetzt einen Liebhaber ..."

Slowsky (nervös und sichtlich irritiert): „Wie ...was ..." (brüllt in die Menge, auch in die eigenen Reihen) ..., „woher weißt du das, du verfluchte Missgeburt? Zeig dich und ich dreh dir deinen verdammten Hals rum."

Slowsky hat Mühe, sich auf seinen Beinen zu halten, schließlich bricht er zusammen. Herbeigeholte Sanitätshelfer tragen ihn zurück an seinen Platz, wo er sich langsam wieder erholt und dann mit glasigen Augen in sein Taschentuch schnupft ...

Plötzlich aber wirft irgendjemand eine Stinkbombe in die gegnerischen Reihen ..., dann Chaos, Tumult, Wahnsinn, Krieg, Zerstörung und Revolution ...

- „Herr Sekretär, Eintrag ins Protokoll wegen „Anstinkens" von Regierungsabgeordneten ..." Sekretär: „Wird sofort erledigt" ... „Ja, danke ... gut gemacht."

Der Präsident rennt wie ein Verrückter in den kämpfenden Reihen umher ... schlägt jeden zusammen, der ihm in die Quere kommt ... und lässt sich schließlich erschöpft in seinen 8.000 Geldstücke teuren Sessel fallen ...

Nach weiteren zwei Stunden sind die Kämpfe endlich beendet und die Rauchschwaden über den Plätzen des Hohen Hauses verziehen sich langsam. Aus statistischer Genugtuung sei hier nur ein kurzes Fazit der Debatte wiedergegeben:
17 blaue Augen, 14 schwere Knieprellungen, 6 blaue Hühneraugen, 4 Gefängnisstrafen für Parteimitglieder (die Namen der Betroffenen waren bei Redaktionsschluss leider noch nicht verfügbar) zwischen 2 Monaten (wegen Bespuckens) und 10 Jahren (wegen offener Revolte) und schließlich 3 Verbannungen nach Sibirien (wegen Winterurlaubs ha ... ha ... ha ...). Es erfolgten weitere 39 Eintragungen ins Protokoll wegen Beleidigung des Präsidenten, Schlagens unter die Gürtellinie, versuchten Anmachens von Parteisekretärinnen unter den Tischen, Zerstörung minderjährigen Mobiliars und ... und ... und ...
Nach weiteren drei Stunden Unterbrechung und dank des tatkräftigen Einsatzes einer philippinischen Putzkolonne kann schließlich und

endlich die Sitzung wieder fortgesetzt werden. Alle, das heißt fast alle Abgeordneten nehmen wieder auf ihren Stühlen Platz.

Eine kurze „Zwischenstimme" einer der anwesenden Putzfrauen, die in der Tat als eine geschichtsrelevante Zeitzeugin in die Anal(i)en des Bundestages eingehen wird ... Aber hören Sie selbst die Putzfrau Li Peng: „Und sah aus wie in einem Militärlazaret ganz wie Manila. Die Kaugummis, normal unter Tischen kleben, jetzt Mann mit weißen Kittel (der herbeigerufene Notarzt – Anmerkung der Redaktion) nimmt für Halten von Bandage und leere Dosen, was Bier hatte vorher, und jetzt alle ist bekommen Platz für Nehmen kaputte Zahn von viele dicke Mann, sitzen vorher in Stuhl und schlafen ... die sind verrückt die Deutschen." (Zitatende)

... und weiter im Sitzungsverlauf ...

Präsident: „Liebe Abgeordnete, ich bitte Sie herzinnerlichst (schluchzt, weint und besudelt den 10.000 Geldstücke teuren Sessel) … bitte versuchen Sie, sich im weiteren Verlauf der Sitzung ein wenig zusammenzunehmen.

Daraufhin schauen sich die Abgeordneten, die noch fähig dazu sind, mit meist aufgedunsenen und blutunterlaufenen Augen an, worauf eine herzergreifende Versöhnungsszene in Kamera 11 stattfindet.

Dann wieder der Präsident: „Als nächsten Redner bitte ich den AKP-Abgeordneten Krazow ans Pult ... bitte, Genosse Krazow."

Krazow, der alteingesessene Parlamentarier, der seine Politikerkarriere als 2. Koch in der Kantine des Hohen Hauses begann (er fiel dem uns allen bekannten Abgeordneten der 1. Stunde Schlickmiel dadurch auf, dass er in den Gründerjahren der Republik gefälschte Buttermarken an die Putzfrauen verteilte – was Schlickmiel als außerordentlich menschlichen Zug honorierte und sich hernach den jungen Krazow unter die Fittiche nahm), geht mit erhobenem Haupte zum Rednerpult, begrüßt den Präsidenten (dieser steht geschmeichelt auf, drückt dem Parlametarier beide Hände zusammen – ein leichtes

Winseln von Krazow – gefolgt von einem Genossenkuss auf die rechte Backe) und lässt sich anschließend wieder in seinen 14.000 Geldstücke teuren Sessel plumpsen).

Dann Krazow: „Liebe Genossen (schaut zu seinen Genossen und zum Präsidenten), die Devise für uns alle hier und heute und immerdar heißt sparen, sparen und immer wieder sparen ... und aus diesem Grunde lasset uns beten...“
Krazow faltet die Hände ... alle falten die Hände und stehen auf ...
Halt, nein, nicht alle stehen auf. Einige Abgeordnete sinken in die Knie und ... rufen nach einem Mann namens Allah. Der Sekretär schaut aufgeregt in die Anwesenheitsliste, aber einen Abgeordneten Namens Allah kann er nirgends finden ...

Wieder Krazow: „Lasset uns also beten. Lasset uns beten, dass es uns und unseren Diäten bald wieder besser gehen möge. Lasset uns beten, dass wir einander freundlich besinnen und uns als Brüder vor dem Herrn nicht wieder in niedere Streitigkeiten begeben – besonders nicht im Vollprofil von Kameras 4 und 7, das ist wirklich nicht schön, und was sollen denn die lieben Kinderlein denken, die zuhause gespannt unserer Debatte folgen – und schließlich ... lasset uns beten (Pause, tiefes Luftholen –, wobei er Wasser spuckt wie ein Grauwal beim Auftauchen), dass die Opposition endlich mit ihren verflixten Vorwürfen aufhört, zumal sie doch selbst keine eigenen Vorschläge zu einer Änderung der allgemeinen Lage bringen kann ...“

Hier vernimmt man eine lange Pause ... Kopfjucken stellt sich schließlich bei einigen Abgeordneten der Opposition ein, Nasenbohren bei anderen ... jeder scheint das Gesagte noch einmal in zivilisierter, geistiger Form zu überarbeiten ... man sieht förmlich die Gedankenblasen in der Luft des Hohen Hauses herumtanzen ...

... plötzlich aber ist die Opposition „platt“, ihre Mitglieder schreien wie rauschgiftsüchtige Kriminelle umher und einige trommeln sich mit erhobener Brust auf dieselbe wie King Kong vor dem Anflug der Jagdbomber auf dem Empire State Building ... Dann schließlich springen sie in die gegnerischen Reihen ... und wieder Krieg, Panik,

Zerstückelung und blankes Entsetzen. Messer blitzen auf … dann hört man Schreie … und die ersten Abgeordneten sacken blutrot unterlaufen zu Boden …

Da, man sieht, wie Abgeordneter Frilowski dem Gegner Schrabowski eine Handgranate mitten auf den Allerwertesten schmeißt. Der hebt sie schleunigst wieder auf, schmeißt das „Ei" dem Abgeordneten Frilowski an den Kopf, und mit einem Mordsgetöse platzt nicht nur die Granate, sondern mit ihr auch der Kopf … und Frilowski ist gewesen.

In einem anderen Kampfgebiet sieht man, wie ein Abgeordneter mit Stahlhelm und Kampfanzug eine kleine elektrisch gesteuerte Rakete, bestückt mit einem entzückenden Sprengkopf, vor sich hin schiebt.

Der mit etwas Vorsicht an den Kämpfer herangetretene Sekretär muss zu seiner großen Verblüffung erkennen, dass er keinen Geringeren als den Präsidenten da höchstpersönlich vor sich hat. Im Angesicht der ernsten Lage fallen ihm allerdings nur die folgenden Worte ein: „Herr Präsident, ich muss Sie darauf aufmerksam machen, dass Sie mit dem etwaigen Abschuss dieser Rakete das Recht auf freie und uneingeschränkte Flucht stark einschränken, und so, Herr Präsident, mit einem Eintrag ins Protokoll belangt werden können …"
Dann fällt ein Schuss und der Sekretär geht todunglücklich getroffen zu Boden …
Ohne den „Countdown" abzuwarten (was natürlich gegen die Regeln des Genfer Abschlusses verstößt und mit einem Eintrag ins Protokoll versehen werden müsste …), zielt „El Presidente" in die erstaunte Menge und drückt ab … mit einem riesigen Knall fliegen das gesamte Gebäude und desgleichen die Politiker in die frische (Frühlings)luft.

Als eine Räumungsmannschaft nach fünf Tagen die meisten der Trümmer beseitigt hat, entdeckt der Bautruppenleiter unter einem hohen Berg von Schutt und Asche plötzlich den 30.000 Geldstücke teuren Sessel – völlig unversehrt und mit einer Notiz versehen, auf der wie folgt zu lesen ist:

„Wer diesen Sessel findet, darf meine Nachfolge als Präsident der Bundesrepublik Deutschland antreten, denn er ist wahrlich ein fündiger Mensch."
Gezeichnet: Der Präsident

Der Sessel befindet sich heute in Privatbesitz und niemand, nicht einmal der Verfasser dieser Zeilen, weiß genau wo ...

Natürlich gibt es Gerüchte ... allerdings haben sich diese bis heute als haltlos erwiesen.

Den Bautruppenleiter jedoch hat man nie wiedergesehen. Obwohl es „Stimmen" gibt, die behaupten, ihn im Dschungel von Neu Guinea entdeckt zu haben ... angeblich lebe er dort überaus glücklich, von jeglichem Zivilisationsstress befreit und mit dutzenden lieblichen Neuguinesinnen und deren Zöglingen. Die alte Heimat verflucht er, weil angeblich dort nicht nur „die Römer spinnen".

La Dolce Vita et vitaeus vitus – in domini patre et sanctum amen (und das wäre dann das Ende dieser Geschichte).

Und alljährlich trägt es sich zu, dass uns zwischen März und April das wichtigste Fest der Christenheit begegnet – das Osterfest. Ein Fest, dessen Ursprung auf den Tod und die Auferstehung Jesu Christi beruht, jenen langhaarigen, vollbärtigen und jüdischen Sprössling Gottes, der als vormals gelernter Handwerksbursche erst auszog, die Hügellandschaft Galileas und schließlich ein gesamtes Weltbild zu verändern. Hätte diesem jungen Prediger da nicht ein gewisser römischer Statthalter namens Pontius Pilatus auf die Gesundheitssandalen getreten, um ihm Einhalt zu gebieten, so wäre dessen Aufstieg zum „Größten der Großen" unaufhaltsam gewesen. Man bedenke, welch eine Karriere, vom einfachen Zimmermann zum absoluten Superstar, zum Messias dieser Welt.

Wie uns die Geschichte allerdings schmerzhaft lehrt, ist alles anders gekommen, und ähnlich wie etwa der „Rebell ohne Grund"-Darsteller James Byron Dean oder der schwarz-amerikanische Sänger Jimi Hendrix verstarb Jesus allzu früh. Allerdings – und das muss man ihm lassen, diesem tüchtigen Sohn Gottes, der sein Handwerk ja von der Pike auf gelernt hat – ist hier einmal ein „Verlierer" nicht in der Weltgeschichte – die ja bekanntlich im Normalfall nur von den Gewinnern geschrieben wird – untergegangen, sondern – und das im wahrsten Sinne des Wortes – hat es ein einfacher Mann von niedriger Herkunft (man erinnere sich nur an seine Mutter Maria und seinen Ziehvater Josef, die aus ärmsten Verhältnissen stammen) geschafft, wie ein „Phönix aus der Asche" aufzuerstehen und seine restliche Zeit erst auf Erden und dann glorreich im Himmelsreich zu verbringen. Von seinem Häscher Pilatus weiß man hingegen nur, dass er nach seinem unseligen Hinscheiden zum Staub der Erde verging – also bitte, nun frage ich Sie, was ist daran denn so glorreich?

Heutzutage begehen also Christen in aller Welt das Osterfest als eine symbolhafte Verbindung von Sterben und Auferstehung des Gottessohnes. Überall gedenkt man in den christlichen Gemeinden seinem Tun und schließlich seinem Leiden am Kreuze. Der inbrünstige Glaube an die Wiederauferstehungsgeschichte in den Evangelien lässt auch den übelsten Ganoven Hoffnung schöpfen, dass dieser nach seinem Ableben doch nicht im heißen Kellergewölbe des Fegefeuers landet und trotz seiner weltlichen Vergehen – wenn auch mit etwas weniger Fanfare und Tutenblasen – einen „Platz an der Sonne" erhalten kann. Man vertraut ja auf Gottes gnädige Vergebung.

Auch für die jungen Menschen in diesem Land ist das Osterfest das „Nonplusultra" aller Feiertage, und gehen die jungen Gläubigen auch heute nicht mehr ganz so oft in die stets geöffneten (und gut klimatisierten) Gotteshäuser, um dem Herrn ihre Laster zu beichten (allerdings nur bei den Katholiken), so dient das „heilige Fest der himmlichen Reise Jesu" doch dem Zwecke, endlich einmal seinen „göttlichen" Wanst ausgestreckt für einige Stunden länger im himmlichen Bette weilen und die Gedanken in die Nichtigkeiten des irdischen Daseins schweifen zu lassen … mein Gott, man schläft halt besser zu Ostern.

Welch ein Osterfest

Es war ein herrlicher Morgen, dieser Samstagmorgen, dem Tag vor Ostersonntag. Die Vögel zwitscherten im Angesicht der nur zaghaft aufgehen wollenden Sonne (welche wahrscheinlich genauso wie ich eine schwere Partynacht hinter sich hatte) und der Morgentau hing tropfend an den noch schlafenden Osterglocken. Die Kirchenglocken läuteten in einem herzhaft erfrischenden BIM BAM BIM BAM, und obwohl meine Kuckucksuhr erst 9 anzeigte, verfluchte ich die Kirche bereits um diese frühmorgendliche Zeit wie der Teufel das Weihwasser, weil man doch bitte einen braven jungen kirchensteuerzahlenden Jugendlichen nicht schon in dieser Herrgottsfrühe aus den Federn schmeißen kann.

Gerne hätte ich meine Wut in mich hineingeschlafen und wäre dafür sogar ins Kopfkissen gekrochen, aber leider gebot da bereits meine allerliebste Frau Mutter, dass es doch besser und auch gesünder sei, dem Bett zu entschwinden, aufzustehen und beim nahen Bäcker Hampe die frischen Morgenbrötchen zu besorgen. Schließlich sei es ja Ostern und daher eine besondere Zeit.

Mit leichtem Widerwillen im Gesicht kroch ich also endlich aus dem jugendlichen Kuschelbett, tauchte in eine frischgewaschene Flanell-Unterhose, zog auch noch frische weiße Socken an (was nun für einen wie mich, der seine geliebten blauen Schlümpfe-Socken für Wochen ohne Ende trägt, eine wirkliche Besonderheit ist – na ja, wenigstens Ostern sollen die Füße mal was anderes zu sehen bekommen) und kleidete mich auch sonst noch in alle lieblichen Osterfarben. Dann war ich bereit, wie Don Quichote von La Mancha nicht nur den Windmühlen, sondern auch dem örtlichen Bäcker Hampe zu trotzen … auch wenn mein fast kahl geschorener Schädel brummte wie ein Bienenhaus.

Der Bäckermeister Hampe war ein Freund der Familie, und als er mich langsamen Schrittes auf sein Etablissement zuwatscheln sah, bemerkte ich nur, wie er mit angstverzerrtem Gesicht seinem Lehrling Fritzchen Kleinschmidt etwas zuschrie und der ihm in windes(beutel)eile eben einen solchen mitsamt Füllung zuwarf. Ohne mich anstandshalber zu begrüßen, riss er die Ladentüre auf, legte den Beutel mit Brötchen neben den Gehsteig des Einganges, blickte kurz hoch, rannte zurück in den Laden, schloss die Türe handwerkergerecht zu und vergaß auch nicht, das mit Brezeln verzierte Schild **„Heute geschlossen"** an das Innenglas zu hängen ... dann herrschte Totenstille in der altehrwürdigen Backstube des Meisters.

Nachdem ich mich erst vergewissert hatte, dass ich kein an Lepra erkrankter Zombie und ich nur wirklich ich war, inspizierte ich anschließend die prall gefüllte Brötchentüte und zählte sicherheitshalber den Inhalt nach. Es waren genau noch 9 Brötchen übrig.

Denn die zwei Mohnbrötchen, die ich vor Schreck über das seltsame Verhalten meines wohl langsam zur Senilität neigenden Bäckers (hat er einen seiner besten Kunden nicht erkannt, so kann er ruhig zum Idiot werden, dachte ich) dort und gleich am Eingang der Backstube verschlang, konnten nicht zum wahren Nettogewicht der Backwaren gezählt werden. Ein bisschen Schwund, so versicherte ich mir selbst, darf nicht nur in des Meisters Gehirn, sondern auch in dessen Tüten an einem Feiertag wie Ostern als keine allzu große Sünde im himmlichen Sündenregister bewertet werden.

Als ich schließlich das elterliche Heim gegen Mittag erreichte – unterwegs gab es so viele schöne Eindrücke zu sehen, die einem an einem stinknormalen Tag ohne Ostern so nie ins Auge fallen –, aßen wir die verbliebenen 5 Brötchen als Suppenbeigabe.

Durch das Mittagessen gestärkt, beschloss ich dann in meinem sich entwickelnden Drang nach Taten, der einzigen Tochter unseres Dorfpfarrers einen Besuch abzustatten. Schließlich – so dachte ich mir – gehört es sich, zumindest in einer so wichtigen Zeit wie den Osterfeiertagen, einem Vertreter Gottes ein wenig näher zu stehen ... und da der Pfarrer schon alt und ein wenig dusselig im Kopf war und außerdem in letzter Zeit immer öfter eine Fahne vom vielen „Jesusblut" hatte, war mir sein blutjunges und allerliebst entzückendes

Fräulein Töchterchen wesentlich lieber, um ein wenig „Gottesnähe" zu erhaschen. Da der Herr Papa allerdings sehr darauf bedacht war, dass sein „Goldschätzchen" nichts von den allzu weltlichen Versuchungen (wie etwa den alkoholischen Tröpfchen oder den begierigen Annäherungsversuchen jugendlicher Hormonträger) „kostete", verbarrikadierte er sein göttliches Heim wie den Hochsicherheitstrakt eines berühmten deutschen Gefängnisses, das einige der gefährlichsten Terroristen des Landes beherbergt.

Eine goldene Nuss zu knacken, besonders wenn sie so frisch und lieblich war wie das Pfarrerstöchterchen, war – wie ich und meine Hormone meinten – jedoch jedes bisschen Mühe und im „Schweiße meines Angesichts" eine wirkliche Versuchung wert, wenn es um … na ja, einen köstlichen Nachtisch geht.

Allerdings hatte ich die Rechnung ohne den Wirt gemacht, der gleich in zwei Versionen vor meine Türe trat. Die erste war das osterliche Frühlingswetter, das genauso unberechenbar ist wie ein wilder Stier, der von gleichsam wilden Bienen gepiesackt wird. Erst begann es nämlich in Gießen zu strömen (nein, natürlich umgekehrt, aber es regnete wohl auch dort) und dann … man fasse sich an die gescheitelte Mähne oder die frisch frisierte Tolle und halte sich am Treppengeländer fest, damit man nicht runterplumpst … schneite es, wie es noch nie zuvor geschneit hat. Binnen weniger Minuten lagen das gesamte Land und zumindest unser Vorgarten unter einem weißen (Hochzeits)kleid, wobei in diesem romantischen Bild nur der viele Matsch am Boden störte, der sich mit dem Weiß im Nu vermählte und zu einem glitschigen „Etwas" verschmolz. Oh wie ich nicht nur weiße kitschige Hochzeiten, sondern auch dieses Land mit seinem idiotischen Wetter hasste, das mir so unbarmherzig und grausam einen dicken Strich durch meinen Hormonausgleich machen sollte und in mir grauenhafte Phantasien erwachen ließ, in denen meine „liebste jungfräuliche Nuss" von einem anderen „Knacker" geöffnet zu werden drohte …
Würde ich mit Gottes Gnaden noch einmal geboren – das schwor ich mir –, so hieße der Empfängerort, zu dem mein Storch mich fliegen müsste, Abu Dhabi oder sonst ein Wüstenstaat, wo ich nur sicher sein

konnte, dass ich bei meinen Techtelmechteln ganz sicher nicht von irgendeinem blödsinnigen Wetter gestört würde. Nun ja, das war jedenfalls ein schwieriger Satz.

Aber nicht genug damit, es geht ja noch weiter. Die zweite „Version" zeigte sich nicht in Form eines noch so ungestümen Tieres mit vier Beinen und einem zornig wedelnden Schwanze oder einem noch garstigeren Wetter, nein, mitnichten, sondern in Form einer kleinen schrunzeligen Hexe mit runder Nickelbrille, einer langen gekrümmten Nase (mit einer dicken, behaarten Warze am rechten Nasenflügel), einem Buckel auf dem Rücken und einem riesigen Besen zum Putzen und Fliegen.

Also, es war einfach so, dass meine Mutter an die Tür klopfte und mich zum alljährlich zeremoniellen Ostereifärben eingeteilt hatte, und das, obwohl sie genau wusste, dass ich von Geburt an an einer Farbenblindheit im Bereich „rot-grün" leide.

Meinem Einwand, dass ich erstens ja nicht richtig sehen und zweitens nach dem Ende des Wintereinbruchs mit der Pfarrerstochter in die Wüste zu türmen beabsichtigte, entgegnete sie nur mit einem gekonnten „Pfff", und ich könnte ja alle Eier gelb anmalen, weil die Farbe ja sowieso zu Ostern passe.

So ist das also. Als Kind rücksichtsloser Hexen bekommt man genauso viel Respekt wie ein Putzlappen am Ende der Waschsaison. Na schön, dachte ich mir, wenn also schon ein „Erleuchteter" wie ein Rudolf Steiner vor über 100 Jahren seinen anthroposophischen Jüngern davon erzählte, wie jeder Einzelne von uns seine Eltern prepostum selbst wählt, so zeige ich in Zeiten der Gleichberechtigung nur meinen erhobenen Finger in Richtung der Hexe und flüstere in hoffnungsvoller Annahme, sie möge des Lippen- und Gedankenlesens nicht mächtig sein, die Worte … „na, dann können wir sie – die lieben Eltern – ja auch wieder abwählen und in ihre (Oppositions)schranken verweisen …"

Der Knall der Backpfeife klang noch mehrere Tage nach und das Läuten im rechten Ohr erinnerte mich an den armen glockenläutenden Quasimodo aus „Der Glöckner von Notre Dame". Auch war ich mir jetzt ganz sicher, der leibhaftig geborene Sohn einer lippen- und gedankenlesenden Hexe zu sein – was ich natürlich weder dem Pfarrer noch seiner lieblichen „Nuss-Tochter" gestehen konnte und wohl bis zum „Jüngsten Tag" (oder zumindest bis zum Ende der Osterzeit) geheim halten muss.

153 gelb gefärbte Ostereier hatte ich bis in die frühen Morgenstunden des osterlichen Sonntags geschafft, als die Glocken der dörflichen Kirche zum feierlichen Festtag erklangen. Die anschließende Prozession, bei der die hölzernen Heiligen zu ihrem Weg nach Golgatha bzw. bis zum Kircheneingang von kräftigen Anhängern des örtlichen Bodybuilding-Klubs getragen wurden, sowie den anschließenden Gottesdienst konnte ich leider nur aus der Ferne von einem winzigen vergitterten Fenster meines Kellerverließes aus mitverfolgen. Beim Anblick all dieser Schönheiten – aber auch weil es im Keller tropfte und die Heizung nicht funktionierte – fröstelte es mich ein wenig, und eine feuchte Träne ließ sich auf meiner behaarten Brust nieder. Das Osterfest hatte begonnen.
Schließlich entließ mich die Hexe aus meiner dunklen Behausung, weil man einen Eierträger und Wirt für die herannahende verrückte Verwandtschaft benötigte, die sich stets und alljährlich wiederkehrend die entzückendste Freude daraus machte, die Kinder der Hexe dabei händeklatschend zu beobachten, wie diese immer wieder in die falsche Richtung laufend die falschen Löcher buddelten, um dort die von ihnen (der Verwandtschaft) versteckten Ostereier zu lokalisieren.
„Heiß, heiß … kalt, kalt … ach nein, du Dummerchen", so tänzelte besonders meine Tante Grimmhilde immer vor mich her, wenn ich fast ganz nah oder dann doch nicht mehr so nah von ihrem Eierversteck entfernt war.
Besonders ärgerlich wurde sie, wenn ich mal auf eines ihrer rot-grün gefärbten Eier trat, das dann in tausend Stücke zerplatzte und die matschige Masse anschließend ihren Rock völlig versaute. Bevor sie mir dann eine kleben konnte, entschuldigte ich mich damit, dass meine Wenigkeit ja besonders auf diese Farben mit Blindheit reagiere – und das war es dann meistens.

Zu einer wahren Furie erwachte sie allerdings, wenn die „Hexenkinder" **wirklich** einmal eines „ihrer" Eier entdeckt hatten. Wie von einer Tarantel gestochen lief ihr Gesicht dann in allen nur erdenklichen Osterfarben an und sie begann sogleich auf ihren kurzen Beinen zu stampfen und zu poltern wie das Rumpelstilzchen persönlich, wenn die Königstochter wieder einmal das Geheimnis seines Namens erriet. „Die sind vom Teufel besessen", sagte sie dann immer. „Na ja", sage ich, wenigstens bleibt es dann eben in der Familie ...

Als die verrückten Verwandten diesmal ohne allzu großen Schaden anzurichten abzischten (Jahre vorher hatte ein buckliger Cousin dritten Grades zum Ostermahl Fliegenpilze in die Gemüsesuppe geschmuggelt und so fast allen Anwesenden zu einer ungewollten Schlemmerpause auf den restlos überfüllten Toiletten und im Vorgarten verholfen – wobei es noch Wochen später nach verwandtschaftlichem Mageninnereien roch und sogar unser Hund darauf verzichtete, wie sonst üblich, seine Geschäfte im Vorgarten zu verrichten), kehrte endlich wieder Friede-Freude-Eierkuchen in unser nettes Knusperhäuschen ein. Sogar die Hexe wurde wieder freundlicher und reichte mir von Zeit zu Zeit etwas mehr Verdaulicheres, das nicht mehr nur wie Wassersuppe schmeckte.
Am Ostermontag jedoch ereilte uns eine weniger erfreuliche Nachricht: Unser lieber Onkel Donald war während der Osterfeiertage plötzlich und für alle unerwartet verstorben ... wo er uns doch noch wenige Tage vorher seinen Besuch zu Ostern angekündigt hatte ...
Die örtliche Polizei hatte ihn wohl in seinem Bett gefunden ... mit einem Einschussloch im Rücken, das nur von einer 12 mm Magnum stammen konnte, wie sie gerne in amerikanischen Gangsterfilmen verwendet werden, die Onkel Donald übrigens schon immer herzlich geliebt hatte. Auf seinem Nachttischschränkchen stand immer noch ein Körbchen mit bunt bemalten Ostereiern, verziert mit unseren Namen, was uns darauf schließen ließ, dass er es also ernst gemeint hatte mit seinem Besuch.
Wie die Polizei später mitteilte, liefen die Untersuchungen noch. Da sich allerdings bisher kein Täter meldete, müsse man wohl von Selbstmord ausgehen ...

Heute, Dienstag, begann wieder der gewohnte Alltag ... nichts Besonderes.

Nur das Wetter war herrlich, von frühester Morgenstund an, die Sonne lachte aus vollem Herzen, die Luft so frisch und rein, alle Vögel sind schon da und zwitschern vergnügt von ihren Elektromasten … und Onkel Donald wird um 17 Uhr beerdigt.

Ich muss mich beeilen … erst muss ich noch meine Unterhosen, Strümpfe, und was sonst noch nötig ist, wechseln und anschließend auch noch Blumen kaufen … für den Onkel und die „knackige Nuss" … ich meine natürlich die süße Pfarrerstochter. Mal seh'n, der Onkel kriegt die Osterglocken und für mein „Goldschätzchen" gibt's natürlich Rosen, gelbe am besten, die kann ich dann auch sehen. Und der alte Pfarrer kriegt nix, der muss nämlich arbeiten und den lieben Onkel so zurechtmachen, dass der dann auch nächstes Ostern zusammen mit dem „Zimmermann aus Galilea" wieder in anständiger Manier und schön gepflegt zu uns hinabsteigen und „himmlische" Ostereier verstecken kann … also bis dann, lieber Onkel ...

Frohes Oster**ENDE**

Wir schreiben das Jahr 2075. X-zentra der Erste regiert das ganze Land mit eiserner Hand und unnachgiebiger Härte. Er und seine Gefolgsleute gehen gegen alle vor, die die „gute alte Zeit" herbeisehnen oder sonst irgendwie von der Krankheit des „verklärten Nostalgiewahns" infiziert wurden. Seine Bluthunde jagen jeden, der für das Neue im Land wenig übrig zu haben scheint und im kleinen „Kämmerlein" konservatives Gedankengut propagiert oder praktiziert.

Jede freistehende Wiese, jedes Häuflein unbefleckter Erde muss seinem Drang nach „unbedingter Moderne" weichen, und nach dem Motto, „die Natur muss dem Menschen untertan sein", lässt er von seinen willigen Planungsbürokraten alles plattwalzen, was auch nur ein wenig „Wildwuchs" ahnen lässt. Selbst ordinärem Unkraut hat er den Kampf angesagt und täglich kreisen Schwadrone von – mit Unkrautvertilgungsmitteln bewaffneten – Kampfbombern über dem blauen Frühlingshimmel der Städte – bereit zum Einsatz, sobald auch nur ein Farnkraut oder eine Pusteblume das Köpfchen in die Höhe streckt.

Das Besitzen von Phantasie und logischem Denken gilt bei X-zentra als schwerwiegende genetische Fehlentwicklung, und bereits Neugeborenen wird bei Feststellung einer „krankhaften" Überentwicklung ein Reversivum eingepflanzt, das diesem Trieb alsbald ein Ende setzt. Eltern solcher „Missgeburten" werden von willigen Informanten (oft den pflichtbewussten Nachbarn) denunziert und unmittelbar nach der Geburt eines solchen „Unglücklichen" der Staatsgewalt übergeben, um alsbald in Resozialisierungseinrichtungen erneut zur Staatstauglichkeit erzogen zu werden. Da es trotz dieser Vorkehrungsmaßnahmen in einigen Fällen „Abweichlern" wie etwa den Nachkommen der längst ausgestorbenen Gattung der „Freidenker und Philosophenkaste" gelungen war, aktiv ihr Schmutzgut von „Freiheit und Phantasie um jeden Preis" in der Öffentlichkeit zu propagieren, verabschiedete X-zentra ein besonderes Gesetz, nach dem das **Verbreiten und Lehren von Phantasie und logischem Denken sowohl auf privaten als auch öffentlichen Plätzen als Majestätsbeleidigung zu werten sei** und unter der höchsten Strafe des Landes – dem unverzüglichen **„Beamen"*** zurück ins 20. Jahrhundert, inklusive der Aberkennung aller staatsbürgerlichen Rechte –

steht. Da X-zentra davon überzeugt ist, dass das 20. Jahrhundert mit seinen Kriegen, Hungersnöten und nicht funktionierenden Demokratien nur als das „Zeitalter der Barbarei" bezeichnet werden kann, schreckt er auch nicht davor zurück, ungeliebte Verwandte, störende Oppositionelle oder Größenwahnsinnige in diese, wie er zu sagen pflegt, „grauenhafte Diaspora" zurückzuschicken … eine recht große Zahl dieser **„Verbeamten"** – insbesonders aus dem Personenkreis der zuletzt Genannten – wechselte nach ihrer Ankunft ins 20. Jahrhundert, nach einer meist nur kurzen Eingewöhnungsphase, im Übrigen in die Vorstandsgremien wichtiger Firmen und Regierungskreise, um dort Karriere zu machen.

Der tropfende Wasserhahn – oder wie ich ins 20. Jahrhundert kam

Uns ging es eigentlich recht gut im Staate X-zentras des Ersten. Uns, das waren meine Frau Helsa, meine beiden Töchter X und Xetra, Hündin Pfiffi und dann ich, Koregagon Wilson.

Wir lebten in einem staatlichen Siedlungsblock etwa 1 Stunde außerhalb des Parteidezernates 7, in dem ich als Computerspezialist dritten Grades arbeitete (dritten Grades, weil ich leider nur einen Doktortitel vorweisen konnte und zudem keine nahen Verwandten zum Herrscher hatte, die mir vielleicht auf die „Promotionssprünge" hätten helfen können), und mit unseren 35 Quadratmetern zugeteilter Wohnfläche für eine Familie mit 4 Personen plus Haustier gehörten wir sicherlich zur gehobenen Mittelklasse.

Mein Leben wäre allerdings ganz anders verlaufen, wenn ich den Rat meiner Eltern befolgt hätte und, wie sie immer wieder sagten, „einen anständigen Beruf" erlernt hätte. Wäre ich etwa Handwerker – oder genauer gesagt Klempner – geworden, dann hätten wir nicht nur viel besser in dieser Zeit gelebt (denn der Herrscher – ein ehemaliger Maurer und Betonmischfachmann, bevor er durch eine Revolte den vorherigen Machthaber [einen „schäbigen" intellektuellen Schriftsteller] stürzte – liebte seine Handwerkergarde über alles und jeden und beschenkte sie mit riesigen Bauten in den „grünen Gürteln" der Vorstädte), sondern wären vielleicht heute noch eine ganz normale Familie der gehobenen Mittelklasse im 21. Jahrhundert ... Dass aber schließlich alles anders kam und man das „Rad der Geschichte" bekanntlich nicht zurückdrehen kann, lag an der verflixten Sache mit dem tropfenden Wasserhahn ... und das war so ...

Es war Montagmorgen, der 22. Juni im bereits eingangs erwähnten Jahre 2075 der Zeit X-zentras des Ersten. Ein ganz normaler Tag im „ewigen" Sommer der Zeit (Seit etwa 2030, als die letzten Eisberge dahingeschmolzen waren, gab es fast ausnahmslos nur sehr heiße und trockene Sonnentage von etwa März bis November, und nach einer kurzen Regenperiode im Dezember eine kleine Kältezeit, die aber nur von den „Alten" noch Winter genannt wurde). Da es also nur noch etwa einen Monat im Jahr regnete, war der Verbrauch von Wasser schon seit Jahren rationiert und wurde zudem mit einer besonders hohen „Luxussteuer" belegt, die es den meisten Bewohnern erlaubte, nur noch etwa zweimal im Monat genüsslich in wirklichem Wasser zu baden. Ansonsten ersetzte das sehr trockene „Staubbad" (das man den vor vielen Jahren ausgestorbenen Elefanten abgeschaut hatte) dieses fast unerschwinglich gewordene Badevergnügen. Auch waren öffentliche Schwimmbäder längst abgeschafft worden, und ehemalige Bademeister und Schwimmlehrer unterrichteten jetzt das Trockenschwimmen in den staatlichen Sandkästen.

Das Telefon auf meinem Schreibtisch klingelte bereits stürmisch, als ich schnaufend und leicht verschwitzt von der Fahrt in der überfüllten Tunnelröhre ins Büro trat und den Hörer von der Gabel nahm ...

„Koregagon", schrie meine liebe Angetraute, ohne auch nur ein Wort der Zuneigung oder Dankbarkeit für mein tägliches Schaffen beizufügen, „der verdammte Wasserhahn tropft und tropft und frisst unsere Ersparnisse im Minutentakt auf, und du sitzt in deinem klimatisierten Scheißloch und rauchst dir die Augen aus dem Kopf."
„Ja, aber ...", entgegnete ich kleinlaut und schoss meine 64ste Zigarette so gekonnt in den Mülleimer, wie das sonst nur ein Profi-Basketballspieler kann, der gerade einen Superball in den Korb setzt ...
„und wer sagt dir eigentlich, dass ich rauche ... ich bin schließlich unter einer Menge Stress ..." Höhnisch entgegnete sie, dass ich – ob Stress oder nicht – sowieso nichts anderes täte, als entweder zu rauchen, zu fressen oder zu saufen, und schon jetzt nicht mehr wie ein menschliches Wesen, sondern wie ein fettes Hängebauchschwein aussehe (auch etwas, was es längst nicht mehr gab und sie aus irgendeinem alten Kitschprogramm hergenommen haben musste), und dass ich mich endlich um wichtige Sachen (wie das Reparieren des Wasserhahnes) kümmern sollte und nicht um einen solchen Kleinkram wie Computermist (sie meinte das Computerprogramm zur „Reduzierung atomarer Strahlung aus Computerabfällen in Nahrungsmitteln", an dem ich gerade arbeitete).

Und bevor sie den Hörer auf die Gabel an ihrem Ende aufknallte, hörte ich noch die Worte **Hausmeister** und **Taugenichts**, und dann herrschte Stille ...

Da ich ein gehorsamer Ehemann war und nicht an Essensentzug im eigenen Heim leiden wollte (Das Wort **Essen** erhielt übrigens in Zeiten X-zentras des Ersten eine ganz neue Bedeutung, weil alle Nahrungsmittel faktisch nicht nur das gleiche Aussehen, sondern auch den gleichen Geschmack hatten. Alles war mausgrau, und die gleichfarbenen Verpackungen waren mit tausenden kleinen Codierungen versehen, die darauf schließen ließen, dass man eine hochperfektionierte Art des Fabrikfutters erschaffen hatte, bei der das Problem nur darin lag, dass das meiste immer noch nach Verseuchtem schmeckte – woran man wie bereits erwähnt aber arbeitete), rief ich unverzüglich unseren Hausmeister Antropowitsch an, um ihm vom Problem des tropfenden Wasserhahnes zu erzählen ...

„Antropowitsch", rief die tiefe weibliche Stimme am anderen Ende, „sind Sie einer von seinen Saufkumpanen, wie ... und ich sage Ihnen, wenn der nach Hause kommt, dann gibt's was ... dieser verdammte russische Sohn einer sibirischen Wölfin (wieder etwas, was es schon lange nicht mehr gab) verhurt und versäuft das bisschen Geld, das wir haben, und löst sich seit Tagen in Luft auf. Und wer sind Sie überhaupt, was, raus mit der Sprache, hey Sie ... gottverdammte Männer." Noch bevor sie den letzten Atemzug tat, legte ich auf, weil inzwischen nicht nur mein Büro Feuer gefangen hatte (der geschmolzene Mülleimer, den mein herbeirasender Chef gerade in seinen schwarzen Händen hielt, hatte beim Einwurf der Zigarette wohl sofort und sehr sensibel auf diese Demütigung reagiert), sondern das gesamte Gebäude in einem hellen Flammenmeer stand.

Ich konnte mich gerade noch rechtzeitig ducken, bevor eine Gewehrsalve aus der Kalaschnikow meines erzürnten Chefs meinen Schreibtischstuhl zerfetzte. Etwas erschrocken über eine solch erstaunlich primitive Art der Kommunikation (was er sagen wollte, konnte ich nur erahnen, und es musste wohl etwas mit dem Rauchverbot im Büro zu tun haben – aber auf solch eine ruppige Art ... ich bitte Sie...) begab ich mich in die einzig sichere Lage, die mir in diesem Moment angebracht erschien ... in die defensive Fluchtposition. Blitzschnell, erkennend, dass mein Chef mir nach dem Leben trachtete und zudem mit seinem massigen Fettleib die Tür versperrte, entschied ich mich kurzentschlossen zur Flucht über die Feuerleiter.

Unten angekommen, rannte ich so schnell mich meine Füße tragen konnten in Richtung Westen, wo die herunterfallenden brennenden Gebäudereste noch den wenigsten Schaden anrichteten.
Das Feuer verbreitete sich allerdings rasend schnell in der sengenden Hitze, und von allen Seiten nahten die Feuerwehrautos, um ein allzu schnelles Überspringen der Feuersbrunst auf die Nachbargebäude zu verhindern ...
... da aber auch der Wasserverbrauch für die staatliche Feuerwehr stark rationiert war, zeigte der Versuch, die mittlerweile zur Hälfte brennende Stadt mit Sandstaub zu löschen, nur mäßigen Erfolg ...
... und erst als die kühle Nachtluft dem Inferno in einigen Stadtteilen sowie vor den Palastmauern ein wenig Einhalt gebot, wagte ich es, meinen Kopf aus dem unterirdischen Versteck – in das ich mich in den naheliegenden Vorstadthügeln gerettet hatte – zu stecken ..., um das ganze Ausmaß meines kleinen Ungeschicks aus der sicheren Ferne zu betrachten ...

Das in vielen Teilen der Stadt noch lodernde Flammenmeer wirkte in der dunklen Mondnacht ein wenig wie ein theatralisches Spiel der Götter, die in einem Wettstreit um das Erschaffen des schönsten Feuerwerkes buhlten, und jetzt konnte ich sogar die Gefühle verstehen, die der vor vielen tausend Jahren lebende römische Kaiser Nero empfunden haben musste, als er sein geliebtes Rom brennen sah ... Ja im tiefsten Inneren meines Seins fühlte ich eine wahre Verschmelzung, eine vollkommene Gleichheit mit diesem großen Herrscher vergangener Tage, die alsbald mein ganzes Selbst ergriff und mich von meinem sicher geglaubten Versteck mit wandelnden Schritten und ausgestreckten Armen in die kühle Abendlandschaft der näheren Umgebung gleiten ließ ...
Sofort wurde ich von den Lichtkegeln der in der Luft schwirrenden Kampfhubschrauber erfasst. Dann hörte ich laute Schreie aus allen

Winkeln der Erde, wurde von vermummten Gestalten in schwarzen Militäranzügen äußerst unsanft in die Rippen gestoßen und fand mich gleich darauf mit dem Kopf im Wüstenstaub wieder. Mit Eisenketten an Händen und Füßen gefesselt, wurde ich sofort in einen bereitstehenden Käfig geworfen und mithilfe eines ebenfalls gelandeten „Bombers" ins naheliegende Straflager „Seelenfrieden" gesteckt. Das anschließende Tribunal dauerte nur wenige Minuten, und ausschließlich aufgrund der Zeugenaussagen meines Chefs und der Putzfrau (die die Tat auf ihrer versteckten Kamera genau aufgezeichnet hatte) wurde ich als „Brandteufel" vom Standgericht zu 40 Jahren schwerster Lagerhaft – ohne Aussicht auf Bewährung – verurteilt.

Ein letztes Telefongespräch mit meiner Frau in „freier" Luft ergab, dass sie stinkwütend auf mich war, weil nun alle Nachbarn unsere Familie nur noch die „Feuerteufels" nannten (meine Geschichte musste wohl in den Hauptnachrichten gesendet worden sein) und sie deshalb (und wegen des immer noch tropfenden Wasserhahnes, der ihr bereits alle Haare vom Kopf und das gesamte noch verbliebene Geld aufgefressen hatte) demnächst ausziehen müsse. Außerdem hatte sie bereits die Scheidung eingereicht, die beiden dummen Kinder an vorbeiziehende Beduinen verkauft, den Hund zum Teufel gejagt und eine Teilzeitarbeit in einem der „Rotlichtbezirke" der Stadt finden müssen ...

... noch bevor sie geendet hatte, verließen mich alle guten Geister, und nach einem Tobsuchtsanfall – bei dem ich dem Richter an die Gurgel sprang – und dem anschließenden ausbrechenden Gerangel mit den Sicherheitskräften (die mich mit Knüppelschlägen auf den Kopf zu beruhigen versuchten, bis sie es durch mein Bewusstloswerden schließlich auch erreichten) erwachte ich tief zerknirscht und hochgradig depressiv drei Wochen später in der Krankenstation von „Seelenfrieden". Nur die Zwangsjacke, die für die nächsten sechs Monate mein engster Begleiter und Vertrauter werden sollte (und die es verhinderte, dass ich „freihändig" womöglich selbstzerstörerisch agiert hätte), rettete mir ... nebst dem Gedanken an meine schnellstmögliche Flucht ... dort das Leben ...

... denn meiner früheren Existenz völlig beraubt, gab es nun nichts mehr, was mich im Staate X-zentras noch halten konnte ... ja nicht einmal die kleinen Techtelmechtel mit den Krankenschwestern und den Wärtern, die mich von Zeit zu Zeit in meiner dunklen Zelle während der Einzelhaft besuchten und meine Wunden nach den Folterungen (welche die „Oberen" veranlasst hatten, weil sie es einfach nicht für möglich hielten, dass ich an der Zerstörung der Stadt ganz alleine gewirkt hatte – und sie deshalb so mit diversen Methoden die Namen meiner Komplizen aus mir herauspressen wollten) behandelten, konnten meinen Wunsch nach Freiheit noch rückgängig machen.

Es dauerte allerdings noch weitere drei Jahre, bis ich genügend Sprengstoff (der in den Steinbrüchen von „Seelenfrieden" für das Lösen großer Felsplatten von den Berghängen benutzt wurde) unter meiner Zellenmatratze in kleinen 10-Kilo-Bündeln zusammengeklaubt hatte (denn ich wurde nach der Zeit der Einzelhaft dort als eine Art „Spezialist für Sprengarbeiten" ausgebildet, weil man dachte, dass ich als verurteilter „Feuerteufel" nichts gegen „heiße" bzw. lebensgefährliche Einsätze hätte), um nicht nur die Zellenmauer, sondern das ganze „Seelenfrieden" in die Luft zu jagen …, was mir auch an einem wunderschönen sonnigen Wochenende und als die meisten Wärter und Wärterinnen Ausflüge in die Wüstenlandschaften der Umgebungen machten beinahe gelingen sollte … wenn da nicht wieder die Sache mit dem tropfenden Wasserhahn gewesen wäre.
Denn genau an dem erwähnten Tage, als ich den Sprengsatz für die 300-Kilo-Bombe vorbereitet hatte, wurden sämtliche Zellen aus mir heute immer noch unbekannten – aber doch schicksalshaften – Gründen von einigen in „Seelenfrieden" verbliebenen Wärtern inspiziert. Ich befand mich zu der betreffenden Zeit gerade im Innenhof des Zuchthauses, um mit einigen Mitgefangenen die derzeitigen Schwarzmarktpreise für Alkohol und Zigaretten zu diskutieren, als der schrillste Alarm uns aus der Stille des Augenblickes riss ... und schwer bewaffnete Spezialkräfte in meine Richtung stürmten. Da ich nur vermuten konnte, dass dies mein letztes Stündlein hier auf Erden sein würde, ging ich in die Knie und begann zu beten. Irgendeine Stimme dort oben musste mich gehört haben, denn als die Streitkräfte mich umringten, fiel zu meinem größten Erstaunen kein einziger Schuss. Ich wurde alsbald von zwei männlichen Bodybuildern unter

beide Achseln gegriffen und im „Engelchen flieg, Engelchen flieg"-Schritt in meine Zelle geschwungen, wo der Gefängnisdirektor mit zwei örtlichen Parteibonzen sowie dem höchsten Strafrichter des Landes bereits auf mich wartete ...

Man erklärte mir, dass die Bombe unter meinem Bett nur deshalb nicht geplatzt war, weil ein besonders aufmerksamer Wärter – nachdem er den Wasserhahn in meiner Zelle zugedreht hatte – (oh Gott, das war es also ... ich hatte wohl ganz vergessen, den verdammten Hahn nach der Morgenrasur abzuwürgen, und deshalb ... na ja, jetzt war ja eh schon alles aus), sich einmal genau umsah und zu seinem großen Entsetzen den Sprengstoff mit dem Zeitzünder entdeckte ...

Ohne mich auch nur eines Blickes zu würdigen, verlas der oberste Richter das Urteil, welches – wegen der unberechenbaren Gefahr für die staatliche Sicherheit, die von Seiten des Häftlings ausging – sofort auszuführen war:

„Aufgrund der Schwere des Deliktes und unter Berücksichtigung der früheren Tat der Brandstiftung und Zerstörung der größten Teile unserer geliebten Hauptstadt, verurteile ich den Angeklagten Koregagon Wilson zur höchstmöglichen Strafe, die der Höchstheilige Herrscher X-zentra der Erste für Verbrechen dieser Art vorgesehen hat ..." Dann pausierte er einige Momente, schnupfte in die Luft und sagte jene Worte, die mein künftiges Schicksal in höchstem Maße verändern sollten ... „und daher verurteile ich den Angeklagten mit sofortiger Wirkung zum ‚Zurückbeamen' in das 20. Jahrhundert."

Entsetzen zeigte sich nach dem Urteilsspruch im Gesicht des Zuchthausdirektors, und auch die örtlichen Bonzen sowie einige der gerade herbeigeeilten Wärter konnten ihre Gefühle über das „grausame" Urteil kaum verbergen. Es blieb nur eine äußerst kurze Zeit des Abschiednehmens, und wenig später wurde ich auch schon in den **Beamraum** im Keller des Zuchthauses geführt. Meine anschließende „Henkersmahlzeit" bestand aus einem leckeren Reisgericht mit richtigen grünen Bohnen, zarten Möhrchen und sogar echtem Fisch (Dinge, die es eigentlich bereits auch nicht mehr geben sollte, jedoch extra für mich vom Koch des Herrschers speziell für diesen Anlass zubereitet worden waren). Frisch gestärkt von diesem köstlichen

Mahl sagte ich dieser Welt „ade" und landete nach erfolgreichem **Beamvorgang** nach – wie es für mich schien – nur wenigen Sekunden unversehrt im 20. Jahrhundert. Hier lebe ich nun in einer Stadt mit dem schönen Namen „Berlin". Nach einer Umschulungs- und Weiterbildungsmaßnahme durch das freundliche Arbeitsamt arbeite ich jetzt (übrigens zusammen mit meinem früheren Hausmeister Antropowitsch, der wegen seiner öffentlich praktizierten Sado-Bigamie-Neigungen ebenfalls ins 20. Jahrhundert verurteilt wurde) als erfolgreicher Klempner- und Handwerksmeister. Wir haben uns besonders auf Häuser von hohen Beamten und Politikern spezialisiert, weil da nicht nur am häufigsten die Wasserhähne tropfen, sondern auch sonst recht viele „Schrauben" locker sind.

Ende

P.S. Ein anderer früherer Mithäftling, der in „Seelenfrieden" nur wegen Hehlerei und Prostitution einsaß und nun als „Ehemaliger" ebenfalls in unserem Betrieb beschäftigt ist, hörte vor seiner **Verbeamung**, dass meine Ex-Frau jetzt mehrere sehr gut florierende Freudenhäuser in der Hauptstadt ihr Eigen nennt, dass meine dummen Kinder mittlerweile die „Gespielinnen" des Herrschersohnes geworden sind und im Palast faktisch täglich ein- und ausgehen, und dass Hündin Pfiffi auch ein neues und viel gemütlicheres Zuhause gefunden hat ... und schließlich, dass niemand von ihnen auch nur im Geringsten daran interessiert ist, dass sich das „Rad der Geschichte" wieder zurückdreht ...

*beamen: ein physikalischer Vorgang, bei dem mittels einer Beamrakete ein Objekt erst in seine kleinsten atomaren Einzelteile zerlegt und anschließend an der gewünschten Stelle mit Hilfe eines Linsenfilters wieder zusammengefügt wird. Das Beamen wurde in den 60er Jahren berühmt, durch die amerikanische Fernsehserie „Raumschiff Enterprise" und das Lied „Wir beamen, ohu, ohu, oh ... (Anmerkungen des Verfassers)

Und wieder war es Gott, der Herr im Himmel, der zu Adam, dem Sohne, und Eva, der Tochter im heiligen Garten Eden – nachdem diese vom sündhaften Apfel der Versuchung gekostet hatten – mit einem gar furchteinflößenden Bariton vom wolkenbedeckten, mit Blitzen und Donnerschlägen durchzogenen Himmelszelt heruntertönte: „**Na wartet, ihr ungläubigen und missratenen Kinder**", und weiter, jetzt aber noch mehr schnaufend, „**wie konntet ihr es nur wagen, wider meinen Willen zu handeln und vom verbotenen Obste Satans zu essen, wo eure Mutter euch doch ausschließlich gelehrt hat, nichts von anderen, fremden Menschen anzunehmen … Habt ihr denn nur Stroh im Kopf?**" Und dann zu seiner heulenden Gattin hinüberschauend „**… und jetzt seht nur, wie eure Mutter mir die Ohren vollweint und mit dem Finger auf mich zeigt, weil schließlich ich, Gott, euch die richtigen Dinge fürs Leben beibringen und lehren sollte …**" … dann ein wenig traurig an sich selbst herunterblickend … „**wie stehe ich nun vor aller Welt da, der Hanswurst, der noch nicht mal im eigenen Haus für Ordnung sorgen kann, was?! Aber wartet nur, ich werde es euch zeigen, diesmal kommt ihr mir nicht so davon, diesmal mache ich ernst.**"

Und noch einmal erhob Gott seinen Finger gen Himmel … und mit einem furchtbaren Donnerwetter jagte er schließlich seine eigenen – vor Angst mit den Knien schlotternden – Kinder für immer und ewig aus seinem Paradies (freie Bibelinterpretation und übersetzt aus dem Plattdeutschen nach Miraculus Confizius Wildenius).

Der Lehrling (oder auf gut Deutsch: AZUBI)

Bevor ich nun mit meinen Ausführungen über die deutschen Lehrlinge beginne, möchte ich nur kurz erwähnen, dass der Vorspann zu dieser Geschichte aber auch nicht das Geringste mit den nachfolgenden Inhalten gemein hat. Er sollte lediglich einmal aufzeigen, erstens: wie lange die Wörter **„Lehren und Lernen"** bereits im deutschen Sprachgebrauch anzutreffen sind, und zweitens: dass Gott sehr wohl eine Vielzahl menschlicher Züge – mit all seinen Stärken und Schwächen – zu artikulieren imstande ist und diese auch öffentlich wiedergibt, ja, dass er sogar dazu fähig ist, das einmal Gesagte auch wirklich in die Tat umzusetzen (man bedenke ja, dass mit dem Rausschmiss aus dem Paradies von Gottes Hand er sein „eigen Blut" auf die Straße setzt und die beiden jungen Menschen somit nicht nur der Gefahr der Obdachlosigkeit, sondern sogar anderer unvorhersehbarer und möglicherweise lebensbedrohlicher Situationen aussetzt – und das in einer Zeit, als es noch keinen modernen Rechts- bzw. Sozialstaat gab), und schließlich drittens: dass Gott neben seinen Kenntnissen der hebräischen Sprache auch dem Hochdeutschen mächtig war ... eine sprachwissenschaftliche Erkenntnis, die selbst die Erfindung der Zahnpasta in den Schatten stellen muss ... aber nun zum Eigentlichen ...

In Anbetracht der aktuellen gesellschaftlich-politischen Gesamtsituation kann ohne Umschweife gesagt werden, dass sich die Bedeutung des Begriffspaares **„Lehren und lernen"** in Bezug auf den deutschen Auszubildenden (im Weiteren kurz auch AZUBI genannt) und die damit zusammenhängenden und nachfolgend vermittelten Inhalte im Vergleich zu früheren Zeiten kaum nennenswert verändert hat.

Früher war derjenige, der lernte, also der Lehrling, meist eine Art „Handlanger" des Lehrherrn, was bedeutet, dass, wenn er seine ihm anvertrauten Arbeiten anständig machte, er quasi als Entlohnung für seine Dienste Nahrung und eine Schlafgelegenheit im Hause des Herrn beanspruchen konnte. Vermurkste er aber etwas, so war er dem Schicksal und den Launen des Meisters derart ausgeliefert, dass eine

Geste des herunterzeigenden Daumens von Seiten des Maestros bedeuten konnte, dass das Opfer entweder dem Hungertod ausgesetzt war, halb tot geschlagen, dem Hund als Futter vorgeworfen oder an vorbeiziehende Mönche verkauft werden konnte ... in nicht wenigen Fällen blieb als einzige Alternative zu dem oben Genannten oft nur die Flucht nach vorne und in den organisierten Untergrund ...

Betrachtet man die Situation eines modernen bundesdeutschen AZU-BIs, so kann man aus heutiger Sicht feststellen, dass dieser – trotz der allgemein geltenden Gesetze zur Einhaltung der Menschenrechte – immer noch der gleiche „Handlanger vor dem Herrn" geblieben ist wie anno dazumal. Der feine Unterschied besteht heute nur darin, dass dieser nicht mehr halb tot geschlagen werden darf (da zu viel Blut im gewerblichen Betrieb die Kundschaft verstört und auch gegen die Hygiene-Regeln des Gesundheitsamtes verstößt), oder genauer gesagt, halb tot geschlagen werden kann – weil der junge Mensch aufgrund des massenhaften Verzehrs proteinreicher Big-Mac-Bomben seinem Lehrherrn bei Weitem über den Kopf gewachsen ist und mit seiner Ganzkörperbehaarung eher einem furchteinflößenden Gorilla ähnelt als einem 16-jährigen Unweisen ..., was allerdings in keiner Weise bedeuten soll, dass der Lehrling von Heute ein gefühl- und herzloses Wesen ist.

Es soll allerdings auch nicht ohne Erwähnung bleiben, dass die Lehrenden im Zeitalter der Moderne in größerem Maße darauf bedacht sind, den ihnen anvertrauten jungen Menschen auch wirklich etwas Sinnvolles und Sinnerfülltes beizubringen. Junge Menschen sollen mit stolzem Gewissen zum Beispiel in der schwierigen Handhabung des richtigen Spirituoseneinkaufs geschult werden und die Fähigkeit erlernen, nicht nur die geeignete Getränkewahl zum passenden betrieblichen Anlass zu treffen, sondern auch den rechten Geist darin zu zeigen, den bestmöglichen Einkaufspreis so zu verhandeln, dass Kunde und Händler ein Gefühl des harmonischen Miteinanders erlangen und zu jeder Zeit in eine erneute symbiotische Geschäftsbeziehung treten können.
Besonders aber in Bezug auf die Anwendung hochmoderner elektronischer Gerätschaften gerade im bürotechnischen Bereich liegt die

verantwortungsvolle Aufgabe der Lehrenden darin, ihre kleinen emsigen Helfer so zu schulen, dass diese – ohne aufwendige Hinzunahme der Gehirnzellen – imstande sind, die grüne Ablagekopie aus dem dreiseitigen Rechnungsbeleg sorgsam von der blauen und der roten Kopie abzutrennen (entlang der Perforierung vorsichtig mit Zeigefinger und Daumen lösen) und die letztgenannten Farben an ihren jeweiligen Bestimmungsort weiterzuleiten (wobei die blaue Kopie für den Versand und die rote Kopie für den Prokuristen bestimmt ist).

Die wichtigste aller Tätigkeiten aber besteht in der besonders sorgfältigen Unterweisung des stündlichen Kaffeekochens. Dieser Aufgabe kann aufgrund ihrer außerordentlichen Bedeutsamkeit für das Gemeinwohl nicht genügend Bedeutung beigemessen werden, und ihre sorgsame Überwachung obliegt ausschließlich der Chefsekretärin Frau Müller-Schlehndorff ... So weit aus dem **„Handbuch für Lehrlingsausbildung" der Firma Wiesenfurtz AG in Pforzheim ...**

Und nachfolgend ein Auszug aus der kürzlich verfassten „Deklaration" der betroffenen Azubis:
... Zur Erhaltung unserer Selbstachtung und Würdigung unseres Tuns im „Schweiße unseres Angesichts" sehen wir aufgrund der täglichen Schikanen und Missachtungen unserer Menschenrechte und Menschenwürde durch unsere vorgesetzten Lehrherrn den Zeitpunkt gekommen, diesem menschenunwürdigen Treiben ein Ende zu bereiten. Nicht nur werden wir von der meist männlichen Belegschaft mit degradierenden und lehrlingsfremden Tätigkeiten wie etwa dem Organisieren von Alkohol, Tabakwaren, Verhütungsmitteln und diverser Damen aus dem Rotlichtbezirk von Pforzheim beordert, sondern müssen uns auch noch in die neckischen Bürospiele der Vorstandsvorsitzenden Muffenbrenner und Besenkehrer nach Büroschluss einweisen lassen ...

Neben diesen „Banalitäten", wie es einst die mittlerweile pensionierte Vorsitzende Frau Kruppensprengler nannte, haben wir noch nicht einmal die unsinnigen Ablagetätigkeiten erwähnt, die jederzeit von einem dreijährigen Idioten durchgeführt werden könnten und die immer noch zum Hauptteil unseres Arbeitsalltages (neben dem stündlichen Rotieren des Kaffeekochens) zählen.

Da wir auch nach mehrmaligen schriftlichen wie mündlichen Bitten um eine Beendigung dieser ingesamt untragbaren Zustände bislang keine diesbezüglich positive Antwort von der Geschäftsleitung erhielten, sehen wir uns nun gezwungen, anderweitige Schritte in die Wege zu leiten, die nach einer Frist von 3 Tagen vorsehen, das Betriebsgebäude mitsamt den von uns in Verwahrung gehaltenen Herren Dr. Müller-Klockenfeld und Dr. Blaseneuter in die Luft zu jagen. Sollte von Ihrer Seite aufgrund dieses Ultimatums das Einschalten öffentlicher Sicherheitskäfte wie Polizei, Militär oder GSG 9 in Erwägung gezogen werden, so sähen wir uns leider zu dem unerwünschten Schritt gezwungen, die drei atomaren Sprengsätze – welche sich in unmittelbarer Nähe unseres derzeitigen Aufenthaltsortes befinden – per Fernauslöser zur Detonation zu bringen.

In der Erwartung eines friedfertigen Ausganges verbleiben wir

gezeichnet: Ihre Lehrlinge/Azubi's ... und Ende

Wir Deutschen sind ein Volk von fleißigen Arbeitern, Kartoffelessern und Biertrinkern ... das Volk der Gedichteschreiber, Marionettenbauer, Touristen-, Terroristenbewegungen und Lederhosenträger. Das Volk, welches sich einen Rummenigge und Breitner leisten kann (wobei die Italiener gleich schreien werden, dass sie ja einen Rossi und Antonioni haben und sowieso besser im Fußball sind – was nach dem Spaniendebakel der deutschen Nationalelf auch keines weiteren Kommentares bedarf) ... ein Volk von Politikern, Intellektuellen und Zynikern ... zumindest, wenn es um Ausländer geht.

Denn für viele Deutsche sind die Ausländer das „Haar in der (versalzenen) Suppe" ... jeder Türke ist ein Knoblauchfresser, der seinen Harem hinter sich herschleift, jeder braungebrannte Italiener ein stetiger Spaghetti-Mampfer und Anmacher, der den blonden, sommersprossigen deutschen Fräuleins an den Strandpromenaden nachschleicht, um ihnen unter die Röcke zu schauen, und jeder „Iwan" ein Spion des Ostens – wie, das wussten Sie nicht?!

Doch nicht jedermann denkt wie oben geschildert. Es gibt auch noch vereinzelt Deutsche im „Land der Teutonen und Barden", die nicht so über unsere ausländischen Freunde reden und denken und sich sogar mit deren fremdländischen Sitten und Gebräuchen auseinandersetzen und vertraut machen (wollen) ... ja, die sich sogar Anregungen und Ratschläge für die eigene Lebensführung und Entscheidungsbildung holen ... und alle ausländischen Bevölkerungsgruppen in freier Wildbahn leben lassen, wie es sich eben für die Gattung des zivilisierten Säugers gehört. Und zu diesen Deutschen gehöre ich ...

Mein Freund Ahmed

Ahmed ist mein Freund. Ahmed (sein voller Name lautet Ahmed Kemal Mustafa Heiltsich Fachsada Istiorum Eschek Domus Köfta) ist Türke. Auch sein Vater war schon Türke, als dieser vor über 30 Jahren aus der tiefsten anatolischen Steinzeit in dieses herrliche Fleckchen Syphillisation kam. Er ist noch heute Türke ... und was für einer:

Jeden Tag wird in Richtung Mekka zu einem Typen namens Allah gebetet, der Koran (das türkische Gebetsbuch) von oben rechts bis unten links heruntergerasselt, Knoblauch gegessen, bis dass der Tod wegen des penetranten Geruches im Haus und an der Haut sich von selbst verzieht und stattdessen lieber an eine deutsche Türe klopft, und die drei Ehefrauen bis zur völligen Erschöpfung aller Beteiligten durchgenudelt (neben Reis übrigens das Lieblingsgericht der traditionell eingestellten vorwiegend männlichen Türken). Rauchen und ganz besonders der Genuss von Alkohol sind vollkommen tabu für Ahmeds Vater, und die Einhaltung des Fastenmonats Ramadan ist oberstes Gebot ... neben der stetigen Vermehrung, sprich Zeugung kleiner Ahmeds, Kemals und Mustafas ...
Ganz anders als sein Vater ist Ahmed mein Freund ...
Ahmed, mein Freund, ist in Deutschland geboren. Er ist 17 Jahre alt, hat kohlrabenschwarze Haare und einen Ziegenbart. Das Einzige, was ihn mit seinem Vater verbindet (neben der gemeinsamen Wohnung) ist neben den angeborenen Schweißfüßen der Drang, nach allem Fraulichen Ausschau zu halten. Ansonsten ganz anders ... beten findet er blöd, weil man sich die Jeans beim Herunterbeugen beschmutzen könnte, Knoblauch hasst er wie ein Vampir, fasten tut er nur, wenn er mal wieder total pleite ist, und sein Lieblingsgetränk ist nicht türkischer Tee, sondern Bier, Wein-Weib-und-Gesang ... sein größter Hass gilt den „Möchte-gern-Deutscher-Werden" Typen und auch sonst benimmt er sich wie ein wahrer deutscher Landsmann ... und wie, das konnte ich feststellen, als ich einmal mit ihm über den Streit mit meiner Freundin sprach und ihn diesbezüglich um einen freundschaftlichen Rat bitten wollte ...

Ich erklärte ihm wie gesagt, dass ich Streit mit meiner „Tussi" gehabt hatte und dass ich nun darüber nachgrübelte, ob ich mich wieder mit ihr versöhnen oder eventuell den „Mantel des Schweigens" über unsere Beziehung hüllen sollte…

Ohne lange zu zögern, entgegnete er mir, dass es im Geburtsland solcher Schönheiten wie Marlene Dietrich und Gretchen Westerland genügend Nachschub gebe und ich unverzüglich mit der „Biene" Schluss machen solle – und also den Mantel des Schweigens und so weiter … und dass es gerade für einen drahtigen, jungen, draufgängerischen Hengst wie mir doch genügend Chancen … und na ja … ob sie denn hübsch sei, diese meine „Noch-Tussi" …und wo sie denn wohne, die meinige Ex (Ahmed, mein Freund, hatte mich zu diesem Zeitpunkt mit seinen überaus scharfsinnigen Argumenten gegen das Weiterführen der Freundschaft bereits so weit überzeugt, dass dem Ende der Beziehung nichts mehr im Wege stand) …

Wie zu erwarten, machte ich also Schluss … und Ahmed, mein Freund, fing an …

Denn kurz nachdem ich meine Beziehung mit der Dame für offiziell beendet erklärte hatte, besuchte er meine Ex, bequatschte sie mit Sultansohn, 1000 und eine Nacht und Wunderlampe in der Türkei und so, bis er sie schließlich rumgekriegt hatte und sie mit ihm – dem Sultansohn – nicht nur aus-, sondern wohl anschließend auch ins „siebte Himmelbett" ging.

Tief getroffen über diese schmerzhafte Erfahrung und niederträchtige Hintergangenheit meines vaterländischen Freundes, brach ich alle Brücken hinter mir ab, zog – nachdem ich aus der Kirche ausgetreten war – ins türkische Viertel von Berlin-Kreuzberg und nahm – als quasi Erinnerung an den lieben Vater von „Mein Freund Ahmed" – den islamischen Glauben an.

Heute lebe ich mit meinen vier Frauen und den sieben Kindern in der Türkei, bin Lehrer an einer Koranschule, erwarte gerade das achte Kind von meiner Lieblingsfrau Fatima und habe kürzlich die türkische Staatsbürgerschaft beantragt.

Mein Ex-Freund Ahmed hat inzwischen, wie ich von seinem lieben Vater gehört habe, die deutsche Staatsbürgerschaft angenommen und meine Ex geheiratet. Die beiden besitzen in München eine Kneipe mit viel Bier…

... der Kontakt zu ihm ist völlig abgebrochen, und ein Brief, den ich ihm vor zwei Jahren aus meiner neuen Heimat geschrieben habe, kam ungeöffnet wieder zurück... Sein Vater schrieb mir kürzlich in einigen traurigen Zeilen, dass sein ehemaliger Sohn (der sich jetzt Achim nennt) keine Ausländer mag ... er meint, jeder Türke sei ein Knoblauchfresser, der seinen Harem hinter sich herschleift ... jeder Italiener ein ... und jeder „Iwan" sowieso Spion ...
Achim ist eben ein wahrer Deutscher ...

Und weil es noch ein wenig Platz auf dieser Seite gibt – und wir schon in der Schule gelernt haben, leere Seiten mit viel Unsinn zu füllen – hier noch etwas zum Nachdenken:
Viele Philosophen hoch oben in ihren Elfenbeintürmen sind sich einig, dass es viel einfacher ist, die Frage zu beantworten, „**warum ein Streifenhörnchen eigentlich Streifenhörnchen heißt**", als die Frage, „**warum ein Streifenhörnchen eigentlich Streifen hat**"?!
Sollten Sie insbesondere auf die zweite Frage keine Antwort haben, so finden Sie nachfolgend die Lösung, welche ich exklusiv von einem Vertreter dieser Gattung erhielt. Ich zitiere daher wörtlich: „Also, wir Streifenhörnchen haben uns bereits in früher Vorzeit Streifen auf das Fell gemalt, damit sich unsere Gattung deutlich von der Rasse der herkömmlichen Hauskarnickel unterscheiden kann ... so einfach ist das ..." Hätten Sie's gewusst?
Und damit gebe ich zurück an den Sender bzw. übergebe dem verehrten Herrn Schriftsteller die nächste Seite zum Bekleckern ... das war's ...

Alljährlich während der großen Ferien im August ziehen abertausende von übergewichtigen und fettbeseelten bundesdeutschen „Wohlstandsbäuchen" in langen Autokarawanen auf den vollgestopften Autobahnen im Schneckentempo in Richtung Süden, Westen und Norden, um sich in den bis zum Rand vollgepackten Hotelanlagen mit „original deutscher Küche" deftig versorgen und an den an Sardinenbüchsen erinnernden Badestränden bis zum Hautkrebs in der Sonne schmoren zu lassen ... und nach diesem langen Satz möge der Leser erst einmal ein wenig tief durchatmen ...

... Und eine fast verschwindend geringe Zahl von „Wandervögeln" macht sich auf zu einem Besuch in den östlichen Teil der Republik, um dort die lieben zurückgebliebenen Verwandten im „Sozialistischen Arbeiter- und Bauernstaat" (oder kurz gesagt der „DDR") einerseits zu besuchen und andererseits die staatlichen Instanzen mit westlichen Devisen zu füttern. Auf jeden Fall bleibt alles in der Familie und „im Westen nichts Neues" ...

Besuch von drüben

Da standen wir nun also in der sengenden Hitze und warteten kurz nach Bebra am Grenzübergang Bad Hersfeld auf die sich heranschleichenden VoPos. Es waren zwei: ein ziemlich junger, großer und von magerer Erscheinung und mit eisernem Polizistenblick ... und ein älterer, stark untersetzter Volksgenosse mit Doppelkinn, der, wie ich vermutete, der Vorgesetzte des Ersteren gewesen sein musste ...
„Bitte den Gofferraum öffnen", sächselte der „Lange" und schaute mich mit seinen stählernen Augen von oben bis unten an, sodass ich trotz der Hitze zu frösteln begann ...

„Moment mal", dachte ich dann, „wir sind doch der zweite Wagen in der Schlange, und gemäß der jahrelangen intensiven Beobachtungen meiner äußerst begabten Frau Mama mussten ihren mathematischen Berechnungen zufolge diese beiden ‚Vertreter der östlichen Staatsgewalt' eigentlich jeden dritten Wagen in der Schlange nach westlichen ‚Care'-Paketen für die Ostverwandten durchgraben. Was war geschehen?"
Meine Gedanken gerade zuende gedacht, meldete sich doch tatsächlich der „Lange" mit einem grinsenden Blick in meine Richtung zu Wort ...
„Ne Kleena", sagte er, „dat war eenmal, dat ham wa jerade jeändert."
„Meine Güte", dachte ich, „wie kann der bloß meine Gedanken lesen" ... und fall dann fast aus meinem Autositz, als der „Lange" wie aus der Pistole geschossen sich gleich darauf schon wieder mit was meldet:
„Dett macht alles die jute Bildung von der sozialistischen Kaderschule. Kleena, da biste baff wat ... da lernste wenigstens noch wat, wat späta von Nutzen is."
Ich muss gestehen, dass diese Fähigkeit des Gedankenlesens bei einem Kleingeist wie mir wirklich einen tiefen Eindruck hinterließ, und als der „Lange" mit betont ernst gespielter Miene uns mit einem schmitzigen und schemelhaften Lächeln zur Weiterfahrt aufforderte (ohne den Kofferraum auch nur eines Blickes gewürdigt zu haben), wurde er mir eigentlich ein wenig sympathisch ...

„Hamse viel Spaß im sozialistischen Bruderstaat", riefen die beiden netten Beamten uns dann auch noch nach, und im Rückspiegel des klapprigen VWs konnten wir gerade noch erkennen, wie sie einen fetten Westbonzen in bayerischen Lederhosen aus seinem schwarzen Mercedes zum Aussteigen aufforderten ...

Frohen Mutes – und zu ihren zahlreichen Kindern mit zufriedenem Blick hinüberschauend – stoppte die genialste aller Mütter unseren Wagen an der nächsten sozialistischen Raststätte. Dort entledigten wir uns der verschissenen Windeln meiner kleinen Schwester (in die wir das Schmuggelgut für die Verwandten sicherheitshalber gepackt hatten, weil man dort für gewöhnlich und aus ersichtlichen Gründen erst zuletzt suchen würde), tauschten bei einer sehr willigen Bedienung im Restaurant einiges Westgeld im Verhältnis 1 zu 6 „schwarz" um, aßen von dem Umgetauschten jeder ein herrliches Mahl und stiegen dann überglücklich am frühen Nachmittag in unser Westmobil, das uns in die altehrwürdige „Bachstadt" Eisenach bringen sollte.
Auf unserem Weg durch das wunderschöne thüringische Mittelgebirge „alter Meister und Gelehrter" wurden wir von den uns zuwinkenden Bauern immer wieder auf das Allerherzlichste begrüßt, und einige Male hielten wir sogar an, um mit ihnen gemeinsam das Lied der „Internationale" anzustimmen.
Ach, wie beneideten wir das vor Kraft strotzende und in der Sonne gelblich schimmernde Getreide, das von zärtlicher Bauernhand behutsam und mit größter Innigkeit zur rechten Zeit geerntet seinen Weg schließlich in die sozialistischen Backstuben und dann in die Mägen eines stolzen Volkes finden würde ...
... und dann erblickten wir am Straßenrand endlich auch jene, die gemeinsam mit den Bauern diesen Staat in mühevollem Tun und mit großen Entbehrungen erschaffen hatten... „die Helden der Arbeit" winkten uns mit ihren Spaten und Hacken freudestrahlend zu und richteten ihre von der harten Arbeit „geschliffenen" und wohlgeformten Körper zum Gruß in unsere Richtung ... welch eine massige Menschenkraft sich dort entlang der Straßen formierte, die ihren Stolz auf eine „gemeinsame" Sache auf solch eine herzerwärmende Weise zum Ausdruck zu bringen imstande war.

97

Der Höhepunkt unserer Reiseeindrücke wurde dann erreicht, als wir gerade durch das westliche Stadttor von Eisenach fuhren. Mehrere „Hundertschaften" der nationalen Volksarmee standen mit wehenden Fahnen und roten Nelken in ihren Gewehrmündungen zu unserem Empfang bereit, um uns schließlich mit einer 12-schüssigen Kanonensalve endgültig im Zentrum der Stadt herzlichst zu begrüßen ... Während der anschließenden Rede des Bügermeisters – der unsere gesamte Familie auf dem Rathausplatz vor dem Lutherhaus vor tausenden begeisterter Bürger zu Ehrengenossen der Stadt machte – konnten wir vor lauter überschwänglichem Glück unseren Gefühlen kaum noch Einhalt gebieten – und auf dem Foto, das die Familie zusammen mit dem Bürgermeister und einigen herausragenden Persönlichkeiten des Landes sowie dem spitzbärtigen nationalen Vorsitzenden zeigt, kann man deutlich Tränen auf unser aller Wangen erkennen.

Heute leben wir als glückliche und hoch angesehene Familie im Schoße der sich liebevoll um uns kümmernden sozialistischen Arbeiterpartei. Im Wohnzimmer unseres geräumigen Plattenbaus im Zentrum der Stadt prangt eine lebensgroße Büste des hohen Parteivorsitzenden mit der eingravierten Widmung: **„An eine vorbildliche sozialistische Familie, die den Versuchungen des Westens trotzte und ihren Weg zurück in die Arme des Vaterlandes gefunden hat."** Der klapprige VW (den wir für Forschungszwecke an die örtlichen Wartburgwerke gestiftet haben) wurde durch einen nagelneuen Trabbi ersetzt, den meine Mutter liebevoll für die Fahrten zu unserer Wochenend-Datsche verwendet. Zur Arbeit ins Ministerium wird sie in ihrer Position als höchste Devisenbeauftragte natürlich chauffiert, und wir Kinder dann eben auch, weil die private Kaderschule, die wir besuchen, ein wenig außerhalb der Stadttore liegt. Mein Lieblingsfach dort ist übrigens „Gedankenlesen leicht gemacht – wie man in 5 Schritten die Geheimnisse des anderen erkunden kann".
Ansonsten hat sich die Familie wohl bestens eingelebt und wir haben alle schon viele Freunde. Natürlich denke ich manchmal noch an den Westen und die Zeit damals. Auch an meine alten Freunde ... Aber nächste Woche, da gibt's ja schon wieder die großen Sommerferien

… dann geht's mit den Pionieren ins Zeltlager nach Gernerode und wir trinken Vita-Cola bis zum Umfallen. Das wird toll ...
Ach ja, und schließlich kommen dann im August noch Heinz, Friedel und Sofie … meine Freunde aus Wuppertal ... da haben wir ja dann mal wieder richtigen „Besuch von drüben".

Und alles war wieder Leipziger Allerlei.

Viele junge Menschen meines Alters fragen sich manchmal, ob sich die Erwachsenen eigentlich manchmal fragen, warum wir „immer nur an das Eine denken". Nein, liebe Mama, ich meine jetzt ganz sicher nicht an Sandkuchen mit Schokolade-Überzug und gesprinkelten Gummibärchen darauf ... auch wenn ich das auch ganz doll mag ...

Nein, wenn es um den millionenfachen Überschuss an Hormonen in einem heranwachsenden Körper geht, der sich vor Testosteronen in allen lebenden Gliedmaßen kaum bändigen lässt, ist es mit dem einfachen Ratschlag „Na, dann lies doch die BRAVO" nicht getan.

Auch erscheint es wenig hilfreich, insbesondere für die jungen Mitglieder der katholischen Glaubensgemeinschaften, wenn ihnen der Geistliche bei plötzlich auftretenden körperlichen Begierden während des heiligen Gottesdienstes (wie etwa beim Anblick der heiligen, aber wohl bildhübschen Maria Magdalena zu Füßen ihres geliebten Christus – und in glänzender Bronze-Emaille gegossen) zum Beispiel dazu rät, den Gelüsten durch die sofortige Beichte und zehn „Vaterunser" zu widerstehen...

Auch wenn die Erwachsenen uns wegen möglicher Übertreibung und überspitzter Sensibilität in Bezug auf das oben diskutierte Problem belächeln und kritisieren mögen, so spreche ich sicherlich für viele andere Jugendliche meines Alters, wenn ich ihnen sage, dass mit all dem anderen Drumherum wie Schule, Eltern, Lehrer und Heranwachsen es einem verdammt schwer fällt, seinem moralischen „Über-Ich" stets Folge zu leisten und nicht einfach von Zeit zu Zeit daran zu denken, die „Sau rauszulassen", und man dem tierischen Urinstinkt dorthin folgen möchte, wo er zuhause ist ...

Glauben Sie an Voodoo?

Der „Neger", oder wie Martin Weffler, der in Wirklichkeit gar kein Afroamerikaner war, eigentlich hieß, stieß zu uns, als wir gerade mit der Neunten unter dem von der Decke der Eingangshalle herabbaumelnden Adventskranz unserer langweiligen und sehr kleinstädtischen Hauptschule die letzten Vorbereitungen für die alljährliche Weihnachtsaufführung trafen und die abschließende Strophe von „Gloria in excelsis Deo" heruntermimten. Als der zwergenhafte Rektor Helflinger uns „Neger" nach Beendung des Liedes als „den Jungen, der in Afrika aufgewachsen ist" vorstellte, wurden die meisten an einen amerikanischen Kinofilm erinnert, in dem ein Riesenaffe schließlich in New York das höchste Gebäude der Stadt besteigt, weil er von bösen Männern in ihren fliegenden Kisten in Fetzen geschossen werden soll und nur eine schöne blonde Jungfrau ihm, als er tödlich getroffen zu Boden geht, ein paar Tränen nachweint.

Obwohl unser „Neger" außer der vielen schwarzen Körperbehaarung eigentlich gar nicht so richtig wie ein „Vollblutneger" aussah, fielen doch bereits die Hälfte der weiblichen anwesenden Schülerinnen beim Anblick dieses „Tieres" bewusstlos zu Boden. Die meisten von uns spürten wohl schon damals sofort, dass von diesem „Wesen aus der Ferne" irgendeine unbeschreibliche, ja magische Kraft ausging, und jeder war überzeugt, dass irgendwo in ihm ein tiefes Geheimnis schlummerte, das es im Laufe der noch verbleibenden Schulzeit zu ergründen galt.

Kein Geheimnis waren allerdings seine miserablen Noten in fast allen Klassenarbeiten, und während bei der Zeugniskonferenz alle Lehrer, die seinen Namen erwähnten, die Nasen rümpften und „Na ja, na ja" vor sich hin plapperten, war sein Sportlehrer, Herr Jahn, voller Lob für seinen „Meisterschüler".

Besonders bei den Bundesjugendspielen im Sommer tummelten sich Scharen von weiblichen Anhängerinnen um das Schwimmbecken, und wenn „Neger" allen seinen Konkurrenten mit seinen kräftigen Armschlägen bei sämtlichen Schwimmdisziplinen locker um Längen voraus war, schrien die begeisterten Schönen wie die Verrückten. Gefährlich wurde es dann beim 1.000-Meter-Hürdenlauf, weil jedesmal, wenn „Neger" mit der Grazie einer Gazelle und der Geschwindigkeit eines Cheetah über die Hürden sprang, besonders die Jungfrauen die Zäune der Tribüne einrannten.

Da durch die Anwesenheit von „Neger" das natürliche Gleichgewicht der Kräfte in Bezug auf die Verfügbarkeit weiblicher Personen an „Nichtnegern" solide außer Kraft gesetzt war, begannen die anderen Jungen über Wege nachzudenken, wie man entweder imstande war, ihn zu beseitigen (Eifersucht gibt es ja schließlich nicht nur bei den Erwachsenen), oder zumindest hinter das Geheimnis seiner phänomenalen Anziehungskraft bei den jungen Fräuleins kommen konnte.
Da der Rest der Klasse wusste, dass ich bei „Neger" einen besonders guten Draht hatte (er ließ die meisten seiner Hausarbeiten gegen ein geringes Entgeld über mich laufen), wurde meine Wenigkeit dazu auserkoren, mehr über das „Erwähnte" in Erfahrung zu bringen.

Ich muss gestehen, dass ich diesen Auftrag – auch aus nicht geringem Eigeninteresse an dem Thema – nach nur kurzer Bedenkzeit (und dem Festlegen eines nominalen Honorars) mit großer Freude annahm.

Und so ging ich denn an jenem schicksalhaften Sonntag mit der ernsthaften Absicht und dem festen Willen, mehr Licht in die Dunkelheit seiner eigentümlichen Fähigkeiten in Bezug auf das weibliche Geschlecht zu bringen, zum Hause des „Negers" ...

Als hätte er den Grund für meinen Besuch bei ihm bereits geahnt (oder vorhergesehen?), begann er ohne Umschweife sofort auf das Thema einzugehen ... „Also, mein Lieber", sagte er und klopfte mir im gleichen Moment auf meine Hühnerbrust, „du machst es mit Voodoo ... aus Afrika, verstehst du? Damit kriegst du sie ganz einfach rum ... Voodoo ... Mann ... das läuft immer."
Ohne auch nur das Geringste von dem, was er da vor sich hin faselte, verstanden zu haben, wollte ich gerade das Gesagte nochmals re-

flektieren, als er sich auch schon wieder in meine Gedanken mischte.
„Sag nichts", sagte der „Neger", als ich zu der „Voodoo-Sache" dann auch noch meinen Beitrag beisteuern wollte, indem ich mich gleichfalls über den Mangel an weiblichen Spielgefährtinnen und das ständig aufkommende Bedürfnis nach „Deckung" zu beklagen begann, „du riechst aus allen Poren und dir kommen die Frühlingssäfte aus beiden Ohren raus."

„Ja, schon", wollte ich gerade einlenken, auch weil mir diese unmittelbare Art, wie er sofort imstande war, meine intimsten Gedanken zu lesen, ein wenig unheimlich war, „aber ..."

„Was aber", entgegnete er gleich darauf, „ich kenn das, du bist so heiß wie eine junge Hyäne auf Brautschau."

„Wie eine was?", antwortete ich, weil ich nicht gleich zugeben wollte, dass ich ihn bereits beim ersten Mal verstanden hatte.

„Mensch, eine Hyäne. Weißt du etwa nicht, dass junge Hyänen immer nur das Eine wollen, und zwar immer?"

Hier musste ich zugeben, dass ich (wenn auch in Zoologie recht belesen) mit dieser „Tatsache" wenig bzw. gar nicht vertraut war, und so fragte er mich auch umgehend, wie viel Geld ich bei mir habe.

Nachdem ich ihm meinen gesamten Nebenverdienst sowie das letzte Geburtstagsgeschenk meiner Mutter (eine neue Taucheruhr) übergeben und er sich durch Nachzählen von der richtigen Summe (170 DM) überzeugt hatte, versicherte er mir, dass der Betrag zwar kaum für die Überfahrt mit dem Schiff nach Mombasa ausreiche, dass er mir aber quasi als Freundschaftsdienst bei der Lösung meines ernsten Problemes helfen wolle.

Da ich ein höflicher Mensch bin, dankte ich ihm natürlich. Allerdings war ich mir nicht recht im Klaren darüber, wie er mir denn eigentlich helfen wollte und was er mit **Schiff und Mombasa** meinte ..., aber noch bevor ich über irgendetwas Weiteres nachdenken konnte, flimmerte vor meinen trüb werdenden Augen ein Pendel hin und her, und während ich seinen Bewegungen folgte, hörte ich im Hintergrund lautes Trommeln und die Worte „Voodoo, Voodoo, Voooodoooo", bis ich schließlich wegdämmerte.

Als ich das nächste Mal erwachte, befand ich mich wohl in einer Art Holzkiste in irgendeinem Lagerraum im Hamburger Hafen, denn ich erinnere mich genau, dass ich einige Seeleute mit starkem „s"-Akzent hörte. Durch den winzigen Spalt im Kistendeckel (dieser diente wohl als eine Art Lüftung) erkannte ich neben den zwei Matrosen einen dritten dunkelhäutigen Mann, der auf die beiden einredete. Wieder erklangen die seltsamen Trommelgeräusche und das „Voodoo, Voodoo, Voooooodooooo", und noch bevor ich (und wohl auch die Seemänner) in einen hypnotischen Tiefschlaf verfiel, vernahm ich aus der Ferne das Tuten eines Schifffahrthorns ...

Es mussten wohl bereits einige Wochen nach unserer Abreise aus Deutschland vergangen sein, denn als ich wieder aufwachte, waren meine Beine völlig steif, und auch die anderen Körperteile meines sich wohl bereits im Verwesungszustand befindlichen Leibes fühlten sich nicht sehr lebendig an. Meinen vom vielen unbeweglichen Liegen wund gebrannten Rücken konnte ich nur deshalb spüren, weil die Kiste sich mitsamt Inhalt wohl nun in irgendeinem motorisierten Vehikel befand, das eine ziemlich holprige Fahrt in einer äußerst staubigen Umgebung durchmachte (ein feiner, leicht rotfarbener Sand fand nämlich während der Fahrt Einlass erst durch den Lüftungsspalt und dann in meine beiden Lungenflügel und das rechte Nasenloch). Es mussten wohl wiederum einige Tage einer Fahrt über „Stock und Stein" vergangen sein, als wir endlich unser Ziel erreichten bzw. die Kiste nicht mehr wollte und sich irgendwie aus dem Fahrzeug durch einen Sprung nach hinten ins Freie und auf den steinigen Boden beförderte, um dann in tausend Stücke zu zerspringen. Auf dem heißen Boden liegend konnte ich nur noch das Nummernschild des davonrasenden Lasters erkennen, und nachdem mir bewusst wurde, dass ich und die Kiste in irgendeiner gottverlassenen Gegend Mombasas gestrandet waren, streckte ich das, was von meinem ausgedorrten Körper noch übrig war, in die heiße Mittagssonne zum Sterben aus ...
... ich musste wohl sehr schnell ins Jenseits hinübermarschiert sein, denn nach – wie es mir schien – nur wenigen Augenblicken verspürte ich plötzlich einen sehr warmen und feuchten Atem in meinem Gesicht, und kurz darauf benesselten sich meine Lippen mit einem schwammartigen weichen Etwas.

Als ich meine Augen öffnete, konnte ich wegen der prallen Sonne nur schemenhafte Umrisse von Körpern und Beinen ausmachen und glaubte fast, Gesänge aus fernen Zeiten zu vernehmen, die mich irgendwie an das Heulen sibirischer Wölfe erinnerten, was angesichts meines neuerlichen Aufenthaltsortes schier unmöglich war. Oder hörte ich wieder dieses Vooodoooo ...?

„Vooodooo" war der sanfte Begrüßungsruf einer blutjungen, bildhübschen, schwarzgefleckten afrikanischen Hyänendame mit vier unendlich langen schlanken Beinen, der ich nicht nur mein damaliges, sondern auch mein jetziges Glück zu verdanken habe.

Denn wenn Griselda, unsere vier Kinder und ich heute in den frühen Morgenstunden in der Steppe Mombasas herumtollen und uns in feuchten Schlammtümpeln zu Büffeln und Antilopen gesellen, ist „diese" Welt für mich das Paradies, der Ort, wo die Geburtswiege meiner Urahnen steht und wo ich, nach einer langen und beschwerlichen Reise, den Weg in die Heimat der Menschheit zurück gefunden habe ...

... Und wenn beim milden Sonnenuntergang die Kindlein eingesammelt werden und wir langsam in unser gemütliches Heim zurückkehren, komme ich nicht umhin, an meinen lieben alten Freund, den „Neger" im kalten Deutschland zu denken, dem mein aufrichtiger Dank auch für seine wundervollen und ehrlichen Worte anlässlich unseres vierten Hochzeitstages gebühren, die ich nachfolgend zur Erinnerung abgedruckt habe:

Und wenn aus irgendwelchen Welten
die Stimme „Voodoo" zu dir spricht,
bedeutet das gar nicht so selten,
dass du empfängst dein „inneres Licht".
Ihm musst du folgen,
wo es dich auch hinne lenkt,
bis dass du findest deinen holden
Weg – der dein Glück dir schenkt.

In lieber Erinnerung aus der alten Heimat

Euer Neger

England ist ein wunderschönes und mit viel Grün bedecktes Fleckchen Erde, auf dem der stetig heruntertropfende Regen schmeckt wie der Himbeersirup auf dem Frühstücksmüsli. Das Essen ist fantastisch, die Inselbewohner so freundlich wie die lachende Sonne im Sommer und der Schaum auf dem Guiness so cremig wie Schlagsahne. Die Sprache Shakespeares klingt in den Ohren eines geübten Linguisten wie der Engelsgesang am Eingangstor zum Garten Eden, und sogar ihre geographischen Landmassen sind viel breiter, als es der Name **Eng**land suggerieren mag.

Kurz: England ist ein Traum für alle diejenigen, die das Glück haben, sich einmal dorthin zu verirren. Und wenn man sich hier nicht nur verirrt, sondern auch unsterblich in eine rassige Inselschönheit verliebt hat, klingt das oben Erwähnte wahrlich nicht wie die bloße Übertreibung aus einer billigen Touristenbroschüre, der die banalere Realität aus den geistigen Händen entglitten ist. Warum, so frage ich Sie, soll man, wenn man liebestrunken in den Tag hineinschlendert, denn nicht die Welt aus einer rosafarbenen Brille à la Elton John betrachten und denken, dass man mit 16 ja schließlich noch das ganze (Liebes)Leben vor sich hat?

Made in England

Julie war die Tochter meiner englischen Gasteltern, die mich nichts-ahnend und in Verbindung mit einem Städteaustausch auf ihrem mit viel Grün bedeckten Landgut im Norden der Insel herzlich willkommen hießen. Hätten sie auch nur im Geringsten ahnen können, dass mein zweiwöchiger Aufenthalt dort nicht nur zu einem Ende langer, über viele Generationen verflochtener Traditionen, sondern auch zum Verlust streng moralischer Wertbegriffe im Hause Watkinson führen sollte, so hätten sie sicherlich ihr Gut mit hohen, dicken Mauern umgeben oder die Regierung in London um eine Verschärfung der Einreisebestimmungen für ruchlose jugendliche Mädchenjäger aus Deutschland ersucht. Allerdings hätten sie dann heute auch nicht diese gut aussehende „deutsche Eiche" im Haus. Aber lassen Sie mich Schritt für Schritt erzählen ...

Julie war groß gewachsen, hatte lange, rotwallende Lockenhaare, die ihr bis zum „süßesten Sitzfleisch der Welt" reichten, und besaß auch sonst bereits mit 17 Jahren eine ausgeprägte Figur wie Marilyn Monroe in ihren besten Jahren. Nicht nur ihre „Landschaft" übertraf die Größe der grünen saftigen Hügel der Umgebung, sondern auch der ganze Rest von ihr hatte die vorzüglichsten Proportionen. Ich bin ganz sicher, wäre da Vinci nicht seinen narzisstischen Trieben verfallen, indem er sich als Frau malte und sich in seiner Geschmacklosigkeit auch noch Mona Lisa nannte, hätte er Julia als sein Lieblingsmodell gewählt ... Wenn sie ging, ging sie nicht nur, sondern sie wandelte in den Räumen wie eine Fee aus fernen Zeiten, und wenn sie sprach, fühlte ich nicht nur den Geist Oxfords in ihrer Stimme, sondern auch eine unbeschreibliche Sehnsucht, ihre immerwährend feuchten Lippen zu küssen. Ganz aus dem Häuschen geriet ich, wenn sie auf ihrem weißen Schimmel sitzend und noch ihre kurzröckige Schuluniform tragend über die Hecken des Anwesens sprang und mir aus der Entfernung lächelnd zuwinkte ... Gott, wie voller packender Leidenschaft und Begierde hätte ich doch gerne mit diesem dummen Tier getauscht. Sicherlich hatte ich besonders bei unseren abendlichen Plaudereien hin und wieder das Gefühl, dass ich für sie vielleicht mehr sein konnte als nur mal wieder einer der ausländischen Gäste, aber so richtig konnte es zwischen uns einfach nicht funken, weil natürlich neben ihren Eltern auch der Hofstaat mit Butlern und vielerei anderern Bediensteten nebst allnächtlichen Partygästen im Hause zugegen waren. Mehr und mehr schlich sich daher das Gefühl ein, dass mir nicht nur die Zeit aus den Fingern zu rinnen begann, sondern ich bis zum Ende meines Englandaufenthaltes, nach meiner Rückkehr zu den deutschen Freunden, ohne irgendeine „England-Trophäe" und mit leeren Händen dastehen könnte.

Schließlich (und zwar zwei Tage vor meiner Abreise) bot sich dann aber doch endlich die Gelegenheit, meine „Jagdmannsheil"-Fähig-keiten auf die Probe bzw. unter Beweis zu stellen, als nämlich Julies gesamte Familie bei einer entfernteren Verwandten (einer Comtess Soundso, deren Name mir glücklicherweise damals entschlüpft war) zur Audienz eingeladen war. Da diese Comtess irgendwie eine Al-lergie gegen alles Deutsche hatte, wurde mir erlaubt, während der familiären Abwesenheit in meinen eigenen Gemächern im „Gute Watkinson" zu verweilen. Zu meiner größten Verblüffung hatte sich Julie ausgerechnet am Vorabend der geplanten Abreise eine Erkäl-tung zugezogen, weil sie mit nassen Haaren und feuchter Strumpf-hose unbedingt einen Abendspaziergang in der nächtlichen Kühle machen wollte. Zum großen Bedauern der Familie (und natürlich zu meinem größten Entzücken) musste also auch Julie das Zimmer bzw. das Bett hüten. Was dann geschah, als Eltern und Hofstaat mit we-henden Fahnen und blasenden Fanfaren von uns Abschied nahmen, entzieht sich jeder standhaften Beschreibung und wäre sicherlich der Schaffung eines voller Leidenschaft durchzogenen Liebes-Epos würdig, wenn ich denn zum Verfassen eines solchen fähig wäre. Da dem nicht so ist, soll hier nur zusammenfassend erwähnt werden, dass zu dem Zeitpunkt, als die Watkinsons am Horizont ver-schwunden waren, uns beide wohl nicht nur der Jagdtrieb, sondern auch ein wahres Jagdfieber überkam, welches in uns alsbald eine solch „durchströmende" Leidenschaft erweckte, die jedesmal im ge-meinsamen Blasen des Jagdhorns endete, wenn wieder einmal ein Stück eigenes „Wild" erlegt vor unseren erschöpften und schweiß-durchtränkten Körpern lag.

Und als eine sanfte Briese durch das geöffnete Fenster im hintersten Zimmer des Nordganges wehte und die Nacht (und auch der Watkinsonsche Hofstaat) heranrückte, hatten wir in unserem ungebändigten Liebesrausch – von Bett zu Bett, von Zimmer zu Zimmer schreitend – alle 24 Räume des Anwesens mit glücklichen Erinnerungen bedient.

Als die Watkinsons dann am nächsten Morgen beim gemeinsamen Frühstück von ihrer langweiligen Audienz mit der deutsch-allergischen Comtess erzählten, hörten wir beide (unter dem Tisch die Hände haltend) gehorsam bis zum Ende zu ..., um ihnen dann anschließend die frohe Botschaft über die bevorstehende Schwangerschaft ihrer einzigen Tochter zu verkünden.

Wenn unser Erstgeborener heute manchmal mit seinen verschiedenen Freundinnen nach einer durchzechten Disconacht seinen Schlaf in unserer Londoner Stadtwohnung nachholt, wird er am nächsten Morgen beim Frühstück schon des Öfteren von denen, die etwas Ernsthaftes von ihm wollen, nach seiner seltsamen Familie befragt ... und stets, wenn es dann zum Thema Zeugung kommt, legt er lächelnd seine Lieblingsplatte von Elton John auf das Abspielgerät, nimmt seine Jeweilige mit der größten leidenschaftlichen Begierde in seine starken, männlichen Arme und, sobald es richtig losgeht, ertönt es von den Lautsprechern in bester Sony-Qualität:
„I was **made in England**".

The End

Und am Ende war das Lied

Jede Jugend hat einmal ein Ende, so auch die meinige. Freue ich mich auf die Dinge, die dann kommen? Auf das, was die Erwachsenen das Erwachsensein nennen? Oh meine Güte, nein, wo denkt man hin!

Sicherlich bringen die Jugendjahre einige vielleicht gravierende Nachteile mit sich.

Da ist erst mal der ständige Mangel an „Kohle", weil man ja meist nur einen Teilzeitjob mit Zeitungaustragen hat und dadurch von den Alten irgendwie doch abhängig ist. Dann kommt der Ärger mit den verdammten Pickeln im Gesicht wegen der Pupertät und so, und das Allzeithoch der Hormone, die im System um die Wette rasen, sodass man oft nicht weiß, ob man heulen oder lachen soll, wenn einem der beste Freund die Freundin weggeschnappt hat. Und dann denkt man wegen des Testosterons (oder wie die Wachstumsdinger auch immer heißen mögen) egal wo man ist doch sowieso nur an die Sache mit den Frühlingsgefühlen … und vor lauter Freude darüber weiß man dann manchmal auch nicht, ob man als Junge auch weiterhin ein Junge bleiben soll oder vielleicht lieber ein Mädchen wäre …

Kurzum, die Jugendjahre sind eine ganz schön verzwickte Sache und äußerst kompliziert …

… aber dann so ein Erwachsener werden wie die blöden Erwachsenen, die man eh schon kennt. Ein Lehrer vielleicht … ne, vielen Dank, da bleib ich lieber der, der ich bin …

Bis dich am Ende dann doch die verdammte Natur einholt und dich zu dem macht, was du nie werden wolltest. Nämlich zum Erwachsenen, dem der Bauch wächst und die Haare nicht mehr, zum Bekämpfer allen Lotterlebens der sein „Freudsches ES" an das „Über-Ich" verschachert und statt **es** zu tun nur noch vom Laster in dunklen Nächten träumen darf. Der dann schließlich heiratet, weil sich das als Erwachsener so gehört (und er außerdem auf diesem Wege dem Laster wenigstens mit amtlicher Bescheinigung von Zeit zu Zeit frönen kann) … und schließlich später seinen Kindern etwas von

Moral predigt und ..., wenn er dann ganz alt und schwach geworden ist ..., am Ende seiner Tage nicht mehr die Sau, sondern nur noch den Hund rauslassen kann ...

... und das ist dann (vielleicht) **das Ende vom Lied**.

Über den Autor

M. C. Wilden lebt heute (nachdem er in Deutschland vergeblich versuchte, dem Erwachsenwerden zu entrinnen) mit seiner junggebliebenen Familie (unter vielen kleinen Japanern) im „Land der aufgehenden Sonne". Hier hofft er, wenigstens nicht älter zu werden.

Ebenfalls im Verlag tredition erhältlich ist sein in englischer Sprache erschienenes Buch „A Guide to Loving Myself and Beyond".

tredition®

www.tredition.de

Über tredition

Der tredition Verlag wurde 2007 in Hamburg gegründet. Auf www.tredition.de wird Autoren in wenigen leichten Schritten das Publizieren von e-Books, audio-Books und print-Books ermöglicht.

print-Books von tredition sind in allen Buchhandlungen sowie bei Online-Händlern für gedruckte Bücher erhältlich. e-Books und audio-Books können auf Wunsch der Autoren neben dem tredition Web-Shop auch bei weiteren führenden Online-Portalen zum Verkauf angeboten werden. Für die gängigen elektronischen Lesegeräte können e-Books auf Wunsch in verschiedene Dateiformate umgewandelt und verfügbar gemacht werden.

Zusätzlich können Autoren das einzigartige Literatur-Partner-Netzwerk von tredition nutzen. Hier bieten zahlreiche Literatur-Partner (das sind Lektoren, Übersetzer, Hörbuchsprecher und Illustratoren) ihre Dienstleistung an, um Manuskripte zu verbessern oder die Vielfalt zu erhöhen. Autoren vereinbaren unabhängig von tredition mit Literatur-Partnern ihre Zusammenarbeit und können gemeinsam am Erfolg des Buches partizipieren.

Zeitfracht Medien GmbH
Ferdinand-Jühlke-Straße 7
99095 Erfurt, Deutschland
produktsicherheit@kolibri360.de